少年读经典诗文

少年读山海经

宋立涛　主编

·北京·

图书在版编目（CIP）数据

少年读山海经 / 宋立涛主编 . -- 北京：民主与建
设出版社，2020.7
（少年读经典诗文；6）
ISBN 978-7-5139-3077-2

Ⅰ . ①少… Ⅱ . ①宋… Ⅲ . ①历史地理 – 中国 – 古代
②《山海经》– 少年读物 Ⅳ . ① K928.626–49

中国版本图书馆 CIP 数据核字（2020）第 102771 号

少年读山海经
SHAONIAN DU SHANHAI JING

主　　编	宋立涛	
责任编辑	刘树民	
总 策 划	李建华	
封面设计	黄　辉	
出版发行	民主与建设出版社有限责任公司	
电　　话	（010）59417747　59419778	
社　　址	北京市海淀区西三环中路 10 号望海楼 E 座 7 层	
邮　　编	100142	
印　　刷	三河市燕春印务有限公司	
版　　次	2020 年 8 月第 1 版	
印　　次	2020 年 8 月第 1 次印刷	
开　　本	850mm×1168mm　1/32	
印　　张	5 印张	
字　　数	125 千字	
书　　号	978-7-5139-3077-2	
定　　价	198.00 元（全六册）	

注：如有印、装质量问题，请与出版社联系。

　　《山海经》是中国先秦古籍，也是一部奇书。该书作者不详，现代学者均认为成书并非一时，作者亦非一人。

　　《山海经》全书现存18篇，原共22篇约32650字。共藏山经5篇、海外经4篇、海内经5篇、大荒经4篇。《汉书·艺文志》作13篇，未把大荒经和海内经计算在内。山海经内容主要是民间传说中的地理知识，包括山川、道里、民族、物产、药物、祭祀、巫医等。保存了包括夸父逐日、女娲补天、精卫填海、大禹治水等不少脍炙人口的远古神话传说和寓言故事。

　　《山海经》具有非凡的文献价值，对中国古代历史、地理、文化、中外交通、民俗、神话等的研究，均有参考，其中的矿物记录，更是世界上最早的有关文献。

　　《山海经》版本复杂，现可见最早版本为晋郭璞《山海经传》。但《山海经》的书名《史记》便有提及，最早收录书目的是《汉书·艺文志》。至于其真正作者，前人有认为是禹、伯益、夷坚，经西汉刘向、刘歆编校，才形成传世书籍，现多认为，具体成书年代及作者已无从确证。

　　《山海经》影响很大，也颇受国际汉学界重视，对于它的内容性质，古今学者有着不同的认识，如司马迁直言其内容"余不敢言

1

也"，如鲁迅认为"巫觋、方士之书"。现大多数学者认为，《山海经》是一部早期有价值的地理著作。

山海经按照地区不按时间把这些事物——记录。所记事物大部分由南开始，然后向西，再向北，最后到达大陆（九州）中部。九州四围被东海、西海、南海、北海所包围。古代中国也一直把《山海经》作历史看待，是中国各代史家的必备参考书，由于该书成书年代久远，连司马迁写《史记》时也认为："至《禹本纪》,《山海经》所有怪物，余不敢言之也。"对古代历史、地理、文化、中外交通、民俗、神话等研究，均有重要的参考价值。

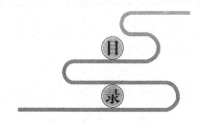

目
录

南山经

柜 山

原 文

《南次二经》之首，曰柜山，西临流黄，北望诸毗，东望长右。英水出焉，西南流注于赤水，其中多白玉，多丹粟。有兽焉，其状如豚[①]，有距[②]，其音如狗吠，其名曰狸力，见则其县多土功。有鸟焉，其状如鸱[③]而人手，其音如痹，其名曰鴸[④]，其名自号也，见则其县多放士。

注 释

①豚：指小猪。

②距：鸡爪。特指雄鸡爪后突起像脚趾的部分。

③鸱：一种凶猛的鸟。指鸱鹰、老鹰、鸢鹰。

④鴸：传说中的鸟名。为帝尧之子丹朱所化。传说帝尧将天下禅让给帝舜，其子丹朱不服，于是与三苗国人联合起来，起兵抗议，帝尧便派兵将他们打败，丹朱羞愧难当投南海自尽，死后化为鴸鸟。

译 文

《南次二经》中记述的南山第二列山系的最西头，是柜山。柜山西邻流黄国，北边是诸毗山，东边是长右山。英水就发源于此山，并向西南流入赤水。英水中有很多白色的玉石，还有很多的细丹砂。柜山山中有一种野兽，身形像小猪，但脚后跟长着距，叫声像狗吠。这种野兽名叫狸力。哪里出现这种野兽，哪里的人们就将遭受很繁重的劳役之苦。柜山山上还有一种鸟，形状像鸱鹰，但却长着一双像人手的

1

脚，它之所以发出的声音像痹一样。这种鸟名叫鴸。它之所以有这个名字，是因为它天天发出"朱"的叫声。哪里出现这种鸟，哪里就要有很多人被流放发配。

长右山

原文

东南四百五十里，曰长右之山，无草木，多水。有兽焉，其状如禺而四耳，其名长右，其音如吟，见则郡县大水①。

注释

①大水：指洪水、洪灾。

译文

由柜山再往东南方向四百五十里有座山，名为长右山，山上不长草木，有很多水。山上有种野兽，形状像长尾猿，长着四只耳朵，名为长右，长右发出的叫声像人长长的叹息，哪里出现这种野兽，哪里就会有洪灾。

尧光山

原文

又东三百四十里，曰尧光之山，其阳多玉，其阴多金。有兽焉，其状如人而彘鬣①，穴居而冬蛰②，其名曰猾褢，其音如斫木③，见则县有大繇④。

注释

①彘：指大猪。鬣：指牲畜身上的鬃毛。

②冬蛰：冬眠。

③斫木：伐木，这里指砍削木头的声音。

④繇：通"徭"，指徭役。

译 文

由长右山再往东三百四十里有座山，名叫尧光山，这座山的南坡蕴藏有丰富的玉石矿产，山的北坡蕴藏有丰富的金矿。山上有一种野兽，其身形像人，但却长着猪鬃，住在洞穴里，大多要冬眠，这种野兽名叫猾裹，它发出的叫声就好像砍削木头的声音。哪里出现这种野兽，哪里就会出现繁重的徭役。

羽 山

原 文

又东三百五十里，曰羽山①，其下多水，其上多雨，无草木，多蝮虫。

注 释

①羽山：山名，舜杀鲧之处。传说火神祝融曾奉黄帝之命，将治水不利的大禹之父鲧在羽山处死，也有说鲧是因治水不利而被帝舜杀死在羽山的。

译 文

由尧光山再往东三百五十里有座山，名叫羽山，山下多水流、水洼，山上经常下雨，却不生长草木，山上还生长有很多的蝮虫。

瞿父山

原 文

又东三百七十里，曰瞿父之山，无草木，多金玉。

由羽山再往东三百七十里有座山，名叫瞿父山，山上寸草不生，山中还蕴藏有丰富的黄金和玉石矿产。

句余山

原文

又东四百里，曰句余之山，无草木，多金玉。

译文

由瞿父山再往东四百里有座山，名叫句余山，山上寸草不生，山中蕴藏有丰富的黄金和玉石矿。

浮玉山

原文

又东五百里，曰浮玉之山，北望具区，东望诸毗。有兽焉，其状如虎而牛尾，其音如吠犬，其名曰彘，是食人。苕水①出于其阴，北流注于具区②。其中多鮆鱼③。

注释

①苕水：水名。在今浙江省境内。

②具区：古泽薮名，即太湖。又名震泽、笠泽。

③鮆鱼：鳎鱼，也叫"凤尾鱼"。体侧扁，头小而尖，尾尖而细，银白色。

译文

由句余山再往东五百里是浮玉山，这座山北边可以眺望到太湖，东边可以眺望到诸毗水。山上有一种野兽，身形像虎，但长着一根牛尾。它的叫声像狗吠，它的名字叫彘，是一种吃人的野兽。这座山的南坡有一条小溪流出，这条小溪名叫苕水，向北流去，最终流进太湖。苕水中生长有很多的紫鱼。

成 山

原文

又东五百里，曰成山，四方而三坛①，其上多金玉，其下多青雘。浪水出焉，而南流注于虖勺，其中多黄金。

注释

①坛：土筑的高台。

译文

由浮玉山再往东五百里有座山，名叫成山，这座山有四面山坡，且像三层土台重叠堆砌上去的，山顶蕴藏有丰富的黄金和玉石矿，山脚有很多可作颜料用的青雘。山间有条阆水流出，向南流入虖勺河，水底有丰富的金矿。

会稽山

原文

又东五百里，曰会稽①之山，四方，其上多金玉，其下多砆石②。勺水出焉，而南流注于湨。

注释

①会稽：山名。在浙江绍兴。相传夏禹大会诸侯于此计功，故名会稽山。一名防山，又名茅山。

②砆石：碔砆，一种形状像玉的石头。

译文

由成山再往东五百里有座山，名叫会稽山，这座山有四面山坡，山顶蕴藏着丰富的黄金和玉石矿产，山脚多为砆砆石。山间有条名叫勺水的水流流出，向南流入湨水。

夷　山

原文

又东五百里，曰夷山。无草木，多沙石。湨水出焉，而南流注于列涂。

译文

由会稽山再往东五百里有座山，名叫夷山。山上寸草不生，沙石很多。山间有条水流出，名叫湨水，这条水向南流出，最终流入列涂水。

仆勾山

原文

又东五百里，曰仆勾之山。其上多金玉，其下多草木。无鸟兽，无水。

译文

由夷山再往东五百里有座山，名叫仆勾山。山上蕴藏有丰富的金矿和玉石矿，山脚草木繁茂。山中没有鸟兽，也没有水流。

咸阴山

原文

又东五百里，曰咸阴之山。无草木，无水。

译 文

由仆勾山再往东五百里有座山，名叫咸阴山。山上既没有草木也没有水。

洵 山

原 文

又东四百里，曰洵山，其阳多金，其阴多玉。有兽焉，其状如羊而无口，不可杀也，其名曰䍺。洵水出焉，而南流注于阏之泽，其中多茈蠃①。

注 释

①茈蠃：茈，通"紫"。蠃，通"螺"。茈蠃即紫螺。

译 文

由咸阴山再往东四百里有座山，名叫洵山。山的南坡蕴藏有丰富的金矿，山的北坡蕴藏有丰富的玉石矿产。山中有一种野兽，身形像羊，它虽没长嘴巴，却不会饿死，这种野兽名叫䍺。山间有一条名叫洵水的小河，向南流入阏之泽，洵水中有很多的紫螺。

虖勺山 区吴山

原 文

又东四百里，曰虖勺之山①，其上多梓、枏②，其下多荆、杞③。滂水出焉，而东流注于海。

又东五百里，曰区吴之山，无草木，多沙石。鹿水出焉，而南流注于滂水④。

注　释

①虖勺之山，古山名。《五藏山经传》卷一，"虖勺之山，今仙霞岭。虖，虎食兽作声也；勺，爪之也。虖勺之水象之，故山受其名，即今文溪水矣。又名滂水。"

②梓，梓树，又名花楸、水桐，落叶乔木。柟，楠树，常绿乔木，常见于我国南方，是珍贵的建筑材料。

③荆、杞，荆：牡荆，落叶灌木，果实黄荆子可作药用。杞：即枸杞，落叶灌木，果实枸杞子，可作药用。都属野生灌木，带钩刺，所以常被人们认为是噩木。

④滂水，古水名。《五藏山经传》卷一，"滂者，大风吹雨旁溅也。"

译　文

从洵山再往东四百里的地方，有座山叫虖勺山，山上有许多的梓树和楠树，山下有许多牡荆和枸杞。滂水是从这座山流出，然后向东流入大海。

从虖勺山再往东五百里的地方，有座山叫区吴山，山上没有花草树木，遍地都是沙石。鹿水是从这座山流出，然后向南流入滂水。

鹿吴山

原　文

又东五百里，曰鹿吴之山①，上无草木，多金石。泽更之水②出焉，而南流注于滂水。水有兽焉，名曰蛊雕，其状如雕而有角，其音如婴儿之音，是食人。

注　释

①鹿吴之山，古山名。《五藏山经传》卷一："西天目山以西南。北与大江分水，西与区吴分水，皆鹿吴也。山在杭州于潜县北，其水

口桐溪，水凡合十一源南注滂水，
其形肖鹿。"

②泽更之水，《五藏山经传》
卷一："泽更水即徽港。更，木燧
也；泽，摩也。水东南至严州淳安
县西折向东流六十余里，至县城南
而南折，有武强溪水出其东折处之
西南，冻流少南，左受二水，环曲
而北注之，象执燧仰其掌，故曰
泽更。其水又东至府治南，东注滂
水也。"

译 文

从区吴山再往东五百里的地方，有座山叫鹿吴山。这座山上没有
花草树木，盛产金属矿物和玉石。泽水是从这座山流出，然后向南流
入滂水。水里有一种水兽，名叫蛊雕，它的身形与普通的雕一样，但
是它头上有角。它的叫声与婴儿的啼哭声一样，这种水兽是会吃人的。

漆吴山

原 文

东五百里，曰漆吴之山①，无草木，多博石②，无玉。处于东海，
望丘山③，其光载出载入，是惟日次④。

注 释

①漆吴之山，古山名。《五藏山经传》卷一："漆吴，尾卷如漆，
今镇海东金塘也。"

②博石，一种色彩斑斓的石头，可用作工艺品。

③丘山，古山名。《五藏山经传》卷一："丘山，舟山也。"

④日次，太阳落下。次，停留、休息的意思。

译文

从鹿吴山往东五百里的地方，有座山叫漆吴山，山上没有任何花草树木，山里有很多可以用做围棋子的博石，山上不产玉石。漆吴山地处东海之滨。向东望去可以看见一片起伏的丘陵，远处有若明若暗的光芒，这里是日月升起和降落的地方。

总　观

原文

凡南次二经之首，自柜山至于漆吴之山，凡十七山，七千二百里。其神状皆龙身而鸟首。其祠：毛用一璧①瘗，糈②用稌③。

注释

①璧，这里是指一种圆形的玉器，正中有孔，是古代举行朝聘、祭祀等礼仪时常用的器物之一。

②糈，祭祀用的精米。

③稌，米，稻米，粳米。

译文

纵观《南次二经》这一山系，从柜山到漆吴山，共有十七座山，沿途七千二百里。这里的山神都是龙身鸟头。人们祭祀山神时，将祭祀的牲畜与玉璧一起埋在地下，祭祀的米用粳米。

西山经

阴 山

原文

《西次四经》之首，曰阴山，上多榖，无石，其草多茆①、蕃②。阴水出焉，西流注于洛。

注释

①茆：凫葵。生于水中，嫩叶可食，又名莼菜。

②蕃：青蕃草，形似莎草而稍大，生于水边。

译文

《西次四经》西山记述的第四列山系最东南端的山名叫阴山，阴山的山坡上有很多构树，但没有石头，阴山上生长的主要是凫葵草和青蕃草。阴水就发源于这座山，流出山涧后便向西流入北洛河。

劳 山

原文

北五十里，曰劳山，多茈草①。弱水出焉，而西流注于洛。

注释

①茈草：紫草。多年生草本植物，暗紫色，含紫草素，可作染料，也可药用。

由阴山再往北五十里有座山，名叫劳山，劳山上生长着很多紫色的草。弱水就发源于劳山，流出山涧后便向西流入北洛河。

罢父山

原 文

西五十里，曰罢父之山，洱水①出焉，而西流注于洛，其中多茈、碧。

注 释

①洱水：古水名。源出今河南内乡熊耳山。

译 文

由劳山再往西五十里有座山，名叫罢父山，洱水就发源于这座山，流出山涧后转向西汇入北洛河，洱水中有很多紫石和碧玉。

申 山

原 文

北七十里，曰申山，其上多榖、柞，其下多杻、檀，其阳多金玉。区水出焉，而东流注于河。

译 文

由罢父山再往北七十里有座山，名叫申山，申山的山顶生长着构树和柞树，山脚生长的树种主要是杻树和檀树，申山的南坡蕴藏有丰富的金矿和玉石。区水就源于这座山，流出山涧后便往东流入黄河。

鸟　山

原　文

北二百里，曰鸟山，其上多桑①，其焉多楮，其阴多铁，其阳多玉。辱水出焉，而东流注于河。

注　释

①桑：桑树，桑属落叶乔木。

译　文

由申山再往北二百里有座山，名叫鸟山，这座山的山顶生长的树种主要是桑树，山脚生长的树种主要是楮树，这座山的北坡蕴藏有丰富的铁矿，南坡有很多的玉石。辱水就发源于这座山，从山涧流出后便向东流入黄河。

上申山

原　文

又北百二十里，曰上申之山，上无草木，而多硌石①，下多榛、楛②，兽多白鹿③。其鸟多当扈④，其状如雉⑤，以其髯⑥飞，食之不眴目⑦。汤水出焉，东流注于河。

注　释

①硌石：大石头。

②榛：落叶灌木或小乔木。早春先开花后生叶，花黄褐色，雌雄同株，果实叫"榛子"，近球形，果皮坚硬，果仁可吃或榨油，木材可做器物。楛：木名，形似荆而赤茎似蓍，材质粗劣。榛楛泛指丛生的杂木。

③白鹿：白色的鹿。古时以为祥瑞。

④当扈：传说中的鸟名。

⑤雉：野鸡。雄鸟尾长，羽毛鲜艳美丽。雌鸟尾短，羽毛黄褐色，体较小。善走而不能久飞。肉可吃，羽毛可做装饰品。

⑥髯：两颊上的长须。

⑦眴目：指目眩症。

译文

由鸟山再往北一百二十里有座山，名叫上申山，这座山寸草不生，遍地都是大石头，山坡下生长有很多榛树和楛树，在山坡下出没的野兽主要是白鹿。山上生长的鸟类主要是当扈鸟，当扈鸟的形状像野鸡，它能靠须髯飞翔，有目眩症的人吃了这种鸟的肉可以痊愈。汤水就发源于上申山，流出山涧后便向东流入黄河。

诸次山

原文

又北百八十里，曰诸次之山，诸次之水出焉，而东流注于河。是山也，多木无草，鸟兽莫居，是多众蛇。

译文

由上申山再往北一百八十里有座山，名叫诸次山，诸次水就是发源于这座山，流出山涧后便向东流入黄河。这座山上有很多树木，但没有草，也没有鸟兽出没，但山上有很多形状各异的蛇。

号 山

原文

又北百八十里，曰号山，其木多漆①、棕，其草多药②、芎③。多泠石。端水出焉，而东流注于河。

注释

①漆：漆树，双子叶植物，落叶乔木。羽状复叶，黄色小花，树皮灰白色，常裂开，里面乳白色的液体即生漆，木材致密，是建筑和家具用材。

②药：白芷的叶，一种香草，多年生草本，根粗大，叶成圆形至三角形，根称白芷，叶称药，果实椭圆形。

③芎䓖：香草名。生长在四川地区，也称为川芎。多年生草本，根状茎黄褐色，花白色根状茎可入药。

译文

由诸次山再往北一百八十里有座山，名叫号山，号山上生长的树种主要有漆树、棕树，生长的草主要有白芷、川芎。山上有很多云泥石。端水就发源于这座山，流出山涧后便向东汇入黄河。

盂 山

原文

又北二百二十里，曰盂山，其阴多铁，其阳多铜，其兽多白狼、白虎，其鸟多白雉、白翟①。生水出焉，而东流注于河。

注释

①白雉：白色羽毛的野鸡，古时以为瑞鸟。白翟：鸟名，白雉类。

由号山再往北二百二十里有座山，名叫盂山，盂山的北坡蕴藏有丰富的铁，南坡蕴藏有丰富的铜矿，这座山上经常出没白狼和白虎，生长的鸟类主要是白雉和白翟。生水就发源于这座山，流出山涧后便向东流入黄河。

白于山

西二百五十里，曰白于之山，上多松、柏，下多栎、檀，其兽多牸牛、羬羊，其鸟多鸮。洛水出于其阳，而东流注于渭；夹水出于其阴，东流注于生水。

由盂山再往西二百五十里有座山，名叫白于山，这座山的山顶生长的树种主要是松柏，山脚生长的树种主要是栎树和檀树，这座山上生长的动物主要是牸牛、羬羊，生长的鸟类主要是鸮鸟。洛水就发源于这座山的南坡，流出山涧后便向东流入渭河。夹水发源于这座山的北坡，流出山涧后便向东流入生水。

申首山

西北三百里，曰申首之山，无草木，冬夏有雪。申水出于其上，潜于其下。是多白玉。

由白于山再往西北三百里有座山，名叫申首山，这座山寸草不生，很荒凉，无论冬季还是夏季满山都飘飞着大雪。申水就发源于这座山的山巅，流至山脚后便潜入地下。这座山上有很多白色的玉石。

泾谷山

原文

又西五十五里，曰泾谷之山。泾水出焉，东南流注于渭，是多白金、白玉。

译文

由申首山再往西五十五里有座山，名叫泾谷山。泾水就发源于这泾谷山，流出山涧后便向东南流入渭河，这座山上有很多白金和白色玉石。

刚 山

原文

又西百二十里，曰刚山，多柒木①，多㻬琈之玉。刚水出焉，北流注于渭。是多神䰡②，其状人面兽身，一足一手，其音如钦③。

注释

①柒木：通"漆"，即漆树。

②神䰡：魑魅一类的东西，古谓能害人的山泽之神怪。亦泛指鬼怪。

③钦：通"吟"，呻吟。

译文

由泾谷山再往西一百二十里有座山，名叫刚山，刚山上生长的树种主要是漆树，山上有很多魁琈玉。刚水就发源于这座山，流出山涧后便向北流入渭河。这座山上有很多神魈，它的身形似兽但却长着一副人的面孔，只有一只手和一只脚，不时发出如人呻吟般的声音。

刚山尾

原文

又西二百里，至刚山之尾。洛水出焉，而北流注于河。其中多蛮蛮①，其状鼠身而鳖首，其音如吠犬。

注释

①蛮蛮：水兽名，属水獭之类，不同于上文的蛮蛮鸟。

译文

刚山向西二百里就是刚山尾端。洛水就发源于这里，并向北流入黄河。这里有很多蛮蛮，这种野兽的身形似鼠，但却长着一个鳖的脑袋，不时发出如犬吠的叫声。

英鞮山

原文

又西三百五十里，曰英鞮之山，上多漆木，下多金玉，鸟兽尽白。涴水出焉，而北流注于陵羊之泽。是多冉遗①之鱼，鱼身蛇首六足，其目如马耳，食之使人不眯②，可以御凶。

注释

①冉遗：古代传说中的鱼名。

②眯：梦魇症。

译文

由刚山的尾端再往西三百五十里有座山，名叫英鞮山，这座山的山顶生长有很多漆树，山脚蕴藏有丰富的金矿和玉石，山上生长的鸟兽都是白色的。浇水就发源于这座山，流出山洞后向北流入陵羊泽。浇水中有很多冉遗鱼，这种鱼的身似鱼，但头似蛇，而且还长有六只脚，眼睛的形状似马耳朵，人吃了这种鱼可以消除梦魇症，还可以用它来防御凶灾。

中曲山

原 文

又西三百里，曰中曲之山，其阳多玉，其阴多雄黄、白玉及金。有兽焉，其状如马而白身黑尾，一角，虎牙爪，音如鼓音，其名曰駮，是食虎豹，可以御兵。有木焉，其状如棠，而员叶赤实，实大如木瓜①，名曰櫰木，食之多力。

注 释

①木瓜：落叶乔木，叶子大，呈掌状分裂、花黄色，果实长圆形，成熟时果皮为橙黄色，果肉厚，味甜。既可食用，也可入药。

译 文

由英鞮山再往西三百里有座山，名叫中曲山，这座山的南坡有很多玉石，山的北坡有很多雄黄石、白色玉石及金矿石。山上有一种野兽，其身形似马，全身是白色的，尾巴是黑色的，长着独角，牙似虎牙，爪似虎爪，吼叫声似击鼓声。这种野兽名叫駮，以吃虎豹为生，这种野兽可以用来抵御兵灾。中曲山上还生长有一种树木，其形状似棠树，但树叶是圆的，结的果实是红色的，果实大小似木瓜。这种树名叫櫰树，人吃了这种树的果实可增强体力。

邽 山

又西二百六十里，曰邽山①。其上有兽焉，其状如牛，猬毛，名曰穷奇②，音如獋狗③，是食人。濛水④出焉，南流注于洋水，其中多黄贝⑤、蠃鱼，鱼身而鸟翼，音如鸳鸯，见则其邑大水。

①邽山，古山名。《五藏山经传》卷二："今宁远西南老君山，即古西倾山也。"

②穷奇，古兽名，异常凶猛。

③獋，同嗥，指豺狼一类经常嗥叫的犬科动物。

④濛水，《五藏山经传》卷二："濛水即西汉水，东南会乌油江、嘉陵江，南注白水，水西出岷山，与大江源近，番人名祥楚河，即洋水也。"

⑤黄贝，郭璞注："贝，甲虫，肉如科斗，但有头尾耳。"

从中曲山再往西二百六十里的地方，有座山叫邽山。山上有一种野兽，形状像牛，全身长着刺猬毛。这种野兽名叫穷奇，发出的吼叫声如同狗叫，是种会吃人的猛兽。濛水是从这座山流出，然后向南流入洋水。濛水中生长着很多黄色的贝类；有蠃鱼，这种鱼，长着鱼的身子，鸟的翅膀，发出的叫声像鸳鸯。它出现在哪里，哪里就会发生大水灾。

鸟鼠同穴山

又西二百二十里，曰鸟鼠同穴之山。其上有白虎、白玉。渭水出焉，而东流注于河。其中多鳋鱼①，其状如鳣鱼②，动则其邑有大兵。

滥水③出于其西，西流注于汉水。多鳌鮋④之鱼，其状如覆铫⑤，鸟首而鱼翼鱼尾，音如磐石之声。是生珠玉。

注释

①鳔鱼，古代传说中的一种鱼。

②鳝鱼，亦称鲟鳇鱼，身上有甲胄。

③滥水，《五藏山经传》卷二："今水出石井所，西北流至旧临洮府城北，西入洮，即此经云汉水也。"

④鳌鮋，古代传说中的一种鱼，能产珍珠。

⑤铫，一种小锅，带柄有流嘴。

译文

从邽山再往西二百二十里的地方，有座山叫鸟鼠同穴山。山上生长着很多白虎，遍布着许多白色精美的玉石。渭水是从这座山流出，然后向东流入黄河。渭水中有很多鳔鱼，形状像鳝鱼。它在哪里出没，哪里就将大动兵戈。滥水是从这座山的西面流出，然后向西流入汉水。滥水中有很多鳌鮋鱼，这种鱼的形状像底朝天的铫子，脑袋像鸟头，但是翅膀和尾巴还是像鱼，它的叫声像敲击磐石所发出的声音。这种鱼还会产珠玉。

崦嵫山

原文

西南三百六十里，曰崦嵫之山①。其上多丹木，其叶如榖，其实大如瓜，赤符②而黑理，食之已瘅，可以御火。其阳多龟。其阴多玉。苕水出焉，而西流注于海，其中多砥砺③。有兽焉，其状马身而鸟翼，人面蛇尾，是好举人，名曰孰湖。有鸟焉，其状如鸮而人面，蜼④身犬尾，其名自号也，见则其邑大旱。

注释

①崦嵫之山，古山名。《五藏山经传》卷二："崦嵫，今玉门县南

昌马山也。"崦嵫，古代传说中日出日落的地方。

②符，通"柎"，即花萼。

③砥砺，磨刀用的石头。石质精细的为砥，石质粗糙的为砺，统称为磨刀石。

④蜼，古兽名，形似猕猴。

译 文

从鸟鼠同穴山往西南三百六十里的地方，有座山叫崦嵫山。山上有茂盛的丹树，丹树叶与谷叶一样，果实像瓜那般大小，花萼是红色，带有黑色的纹理。吃了这种树的果实，可以医治黄疸病，这种树还可以用来防御火灾。山的南面有很多龟，山的北面有很多玉。苕水是从这座山流出，然后向西流入大海，苕水中有很多可以用来磨刀的磨刀石。山中有一种野兽，形状像马，长着鸟的翅膀，人的面孔，蛇的尾巴，它喜欢把人抱着举起，它的名字叫孰湖。山中还有一种鸟，形状像鸮，长着人的面孔，蜼一样的身子，狗一样的尾巴，它的名字就是它的嚎叫声，它出现在哪里，哪里就会发生旱灾。

总 观

原 文

凡《西次四经》，自阴山以下，至于崦嵫之山，凡十九山，三千六百八十里。其神祠礼，皆用一白鸡祈。糈以稻米，白菅为席。

右西经之山。凡七十七山，一万七千五百一十七里。

译 文

纵观《西次四经》这一山系，从阴山到崦嵫山，共十九座山，沿途三千六百八十里。祭祀诸山山神的礼仪是：用一只白色的鸡做供品，祭祀的米用稻米，摆放供品的席子是用白茅草做成的。

上面所记述的西部山系，共七十七座山，途经一万七千五百一十七里。

北山经

管涔山

《北次二经》之首，在河之东，其首枕汾[1]，其名曰管涔之山。其上无木而多草，其下多玉。汾水出焉，而西流注于河。

①汾：水名，即汾水、汾河，在山西省中部。

《北次二经》记述的北山第二列山系最南端的山，在黄河的东边，濒临汾水，名叫管涔山。山上不生长树木，但生长有很多的草，山脚下有很多玉石。汾水就发源于这座山，从山涧流出后便向西流入黄河。

少阳山

又西二百五十里，曰少阳之山，其上多玉，其下多赤银[1]。酸水出焉，而东流注于汾水，其中多美赭[2]。

①赤银：含银量很高的银矿。

②美赭：优质红土。

　　由管涔山往西二百五十里有座山，名叫少阳山，这座山的山顶有很多玉石，山脚蕴藏有很丰富的赤银矿。酸水就发源于这座山，流出山涧后便向东流入汾水，酸水水底有很多优质的红土。

县雍山

原　文

　　又北五十里，曰县雍之山，其上多玉，其下多铜，其兽多闾[1]、麋，其鸟多白翟、白鵺[2]。晋水出焉，而东南流注于汾水。其中多鮆鱼，其状如儵[3]而赤鳞，其音如叱，食之不骄。

注　释

　　[1]闾：山驴，又称为羭，一种黑母羊，形体似驴，角如羚羊。

　　[2]白鵺：白翰鸟，即白雉。

　　[3]儵：指小鱼。

译　文

　　由少阳山再往北五十里有座山，名叫县雍山，这座山的山顶有很多玉石，山脚蕴藏有很丰富的铜矿，山上生长的野兽主要是山驴和麋鹿，栖息的鸟类主要是白翟和白翰鸟。晋水就发源于这座山，从山涧流出后便向东南流入汾水。晋水中有很多鮆鱼，具身形像小鱼，有红色的鱼鳞，不时还能发出似斥责人的叫声，人若吃了这种鱼，则可以医治好狐臭。

狐岐山

原文

又北二百里，曰狐岐之山，无草木，多青碧。胜水出焉，而东北流注于汾水，其中多苍玉。

译文

由县雍山再往北二百里有座山，名叫狐岐山，这座山上寸草不生，有很多青色的玉石。胜水就发源于这座山，流出山洞后便向东北流入汾水，胜水中有很多黑色的玉石。

白沙山

原文

又北三百五十里，曰白沙山，广员三百里，尽沙也，无草木鸟兽。鲔水出于其上，潜于其下，是多白玉。

译文

由狐岐山再往北三百五十里有座山，名叫白沙山，这座山方圆三百里，整个山都是由沙堆成的，山上没有鸟兽，也不生长草木。鲔水就发源于这座山的山顶，并潜入沙里，至山下流出地面，鲔水中有很多白色的玉石。

尔是山

原文

又北四百里，曰尔是之山，无草木，无水。

译文

由白沙山再往北四百里有座山，名叫尔是山，这座山上没有水，

25

因此寸草不生，很荒凉。

狂 山

又北三百八十里，曰狂山，无草木，是山也，冬夏有雪。狂水出焉，而西流注于浮水，其中多美玉。

译文

由尔是山再往北三百八十里有座山，名叫狂山，这座山上光秃秃的，不生长草木，一年四季，满山都是雪。狂水就发源于这座山，流出山洞后便向西流入浮水，狂水中有很多好看的玉石。

诸余山

原文

又北三百八十里，曰诸余之山，其上多铜玉，其下多松、柏。诸余之水出焉，而东流注于㴲水。

译文

由狂山再往北三百八十里有座山，名叫诸余山，这座山的山顶蕴藏有丰富的铜矿和玉石，山脚生长有很多的松树和柏树。诸余水就发源于这座山，流出山洞后便向东流入㴲水。

敦头山

原文

又北三百五十里，曰敦头之山，其上多金玉，无草木。㴲水出焉，而东流注于印泽。其中多驼马，牛尾而白身，一角，其音如呼。

译文

　　由诸余山再往北三百五十里有座山，名叫敦头山，这座山上蕴藏有丰富的金矿和玉石，但寸草不生。㴉水就发源于这座山，从山涧流出后便向东流入印泽。㴉水中有很多驼马，驼马长着牛样的尾巴，全身白色，头顶只有一只角，发出的吼叫声就像人的呼喊声。

鈎吾山

原文

　　又北三百五十里，曰鈎吾之山，其上多玉，其下多铜。有兽焉，其状如羊身人面，其目在腋下，虎齿人爪，其音如婴儿，名曰狍鸮①，是食人。

注释

　　①狍鸮：神话传说中的兽名，性情暴躁贪婪，吃人，并将吃剩下的人的各个部位咬碎。

译文

　　由敦头山再往北三百五十里有座山，名叫鈎吾山，这座山的山巅有很多玉石，山脚下蕴藏有丰富的铜矿。山上有种野兽，身形似羊，却长着一副人的面孔，眼睛长在腋下，牙似虎牙，爪似人脚，吼叫声似婴儿啼哭，这种兽名叫狍鸮，是吃人的动物。

北嚣山

原文

　　又北三百里，曰北嚣张之山，无石，其阳多碧，其阴多玉。有兽焉，其状如虎，而白身犬首，马尾彘鬣，名曰独㺢。有鸟焉，其状如乌，人面，名曰鹙鹠，宵飞而昼伏，食之已暍①。涔水出焉，而东流注于印泽。

注释

①暍：中暑。

译文

由钩吾山再往北三百里有座山，名叫北嚣山，这座山上没有石头。山上蕴藏着丰富的玉石，南坡多碧玉；北坡多玉石。山上有一种野兽，其身形似虎，但全身都是白色的，并且长着一个狗样的脑袋，尾巴似马尾，毛似猪鬣，这种兽名叫独㺢。山上还有一种鸟，其形状似乌鸦，脸似人面，这种鸟名叫鹙鹠，它的生活习性是夜里飞游而白天回巢，人若吃了这种鸟的肉，则可以消暑。这座山上有条涔水流出，涔水出山后便向东汇入印泽。

梁渠山

原文

又北三百五十里，曰梁渠之山，无草木，多金玉。脩水①出焉，而东流注于雁门，其兽多居暨，其状如橐②而赤毛，其音如豚。有鸟焉，其状如夸父③，四翼、一目、犬尾，名曰嚣，其音如鹊，食之已腹痛，可以止衕④。

注释

①脩水：长江中游支流，属鄱阳湖水系。

②橐：传说中的动物名，长得像老鼠，红色的毛如同刺猬的刺。

③夸父：兽名，即举父，长得像猕猴。

④衕：腹泻。

译文

由北嚣山再往北三百五十里有座山，名叫梁渠山，这座山上光秃秃的，寸草不生，但蕴藏有丰富的金矿和玉石。脩水就发源于这座山，出山后便向东流入雁门水，这座山上生长的野兽主要是居暨，它的身形似刺猬，但周身长着红色的毛，不时发出如猪仔一样的叫声。这座山上还生长着一种鸟，其形状似夸父，但长着四只翅膀、一只眼睛和一条狗样的尾巴，它的名字叫嚣，不时发出鹊鸟一样的叫声，人吃了这种鸟的肉，就可以止腹痛，还可医治腹泻。

姑灌山　湖灌山

原　文

又北四百里，曰姑灌之山，无草木。是山也，冬夏有雪。

又北三百八十里，曰湖灌之山。其阳多玉，其阴多碧，多马。湖灌之水出焉，而东流注于海，其中多鳝①。有木焉，其叶如柳而赤理。

注　释

①鳝，即黄鳝。

译　文

从梁渠山再往北四百里的地方，有座山叫姑灌山，山上没有生长花草树木。这座山，无论冬季还是夏季都会下雪。

从姑灌山再往北三百八十里的地方，有座山叫湖灌山。山的南面有很多优质玉石，山的北面有很多青碧玉，山中长有很多马。湖灌水是从这座山流出，然后向东流入大海。湖灌水中有许多鳝鱼。山上有一种树，形状像柳树，但有红色纹理。

洹山　敦题山

原　文

又北水行五百里，流沙三百里，至于洹山①。其上多金玉。三桑生之，其树皆无枝，其高百仞，百果树生之。其下多怪蛇。

∇北三百里，曰敦题之山②，无草木，多金玉。是錞于北海。

注释

①洹山，古山名。

②敦题之山，古山名。《五藏山经传》卷三："黑龙江所源之小肯特山也，象水为名。"

译文

从湖灌山再往北行五百里的水路、三百里流沙就到了洹山。山上盛产金属矿物和玉石。山上有一种三桑树，这种树只有树干，没有树枝，树干高达一百仞，山中有各种各样的果树。山下有很多怪异的蛇。

从洹山再往北三百里的地方，有座山叫敦题山。山上没有花草树木。山中有很多金矿和玉石。这座山虎踞在北海岸边。

总　观

原文

凡北次二经之首，自管涔之山至于敦题之山，凡十七山，五千六百九十里。其神皆蛇身人面。其祠：毛用一雄鸡彘瘗；用一璧一珪，投而不糈。

译文

纵观《北次二经》这一山系，从管涔山到敦题山，共十七座山，沿途五千六百九十里。这些山的山神都是蛇的身形，人的面孔。祭祀这些山神的礼仪是，用的毛物是一只雄鸡和一头猪，并埋入地下；把一块璧、一块珪投入山间，祭祀不用精米。

东山经

岐 山

原文

又南水行八百里，曰岐山①，其木多桃李，其兽多虎。

注释

①岐山：山名。在今陕西岐山。

译文

由尸胡山再往南经八百里水路，就到了岐山，山上生长着很多桃树和李树。出没的野兽主要是虎。

诸钩山

原文

又南水行七百里，曰诸钩之山，无草木，多沙石。是山也，广员百里，多寐鱼①。

注释

①寐鱼：鱼名，又称为鲏鱼、嘉鱼。

译文

由岐山再往南经七百里水路，

就到了诸钩山，这座山上光秃秃的，寸草不生，遍地都是沙子和石头。这座山方圆百里，山中有水，水中有很多寐鱼。

中父山

又南水行七百里，曰中父之山，无草木，多沙。

译 文

由诸钩山再往南经七百里水路，就到了中父山，这座山上光秃秃的，遍地沙石，寸草不生。

胡射山

原 文

又东水行千里，曰胡射之山，无草木，多沙石。

译 文

由中父山再往东经一千里水路，就到了胡射山，这座山很荒凉，没有一草一木，遍地都是沙子和石头。

孟子山

又南水行七百里，曰孟子之山，其木多梓①桐，多桃李，其草多菌、蒲②，其兽多麋鹿。是山也，广员百里。其上有水出焉，名曰碧阳，其中多鳢、鲔③。

注释

①梓：梓树，又名河楸、花楸，落叶乔木，树冠倒卵形或椭圆形，树皮褐色或黄灰色，纵裂或有薄片剥落，嫩枝和叶柄被毛并有黏质。

②菌：孢子植物的一大类，没有茎和叶，不开花，不含绿叶素，不能自己制造养料，营寄生生活。蒲：蒲草，即香蒲。其茎叶可供编织用。

③鳣：鳣鱼，鲟鳇鱼的古称，无鳞，肉质黄色。鲔：鲔鱼，鲟鱼和鳇鱼的古称。色青黑，头小而尖，似铁兜鍪，口在颔下，其甲可以磨姜，大者不过七八尺，大者为王鲔，小者为叔鲔。

译文

由胡射山再往南经七百里水路，就到了孟子山，山上主要生长着梓树、桐树、桃树、李树以及菌类植物和蒲草，生长的野兽主要是麋鹿。这座山方圆达百里。山上有水流出，这就是碧阳水，水中有很多鳣鱼和鲔鱼。

跂踵山

原文

又南水行九百里，曰跂踵之山①，其上多草木，多金玉，多赭。有兽焉，其状如牛而马尾，名曰精精，其鸣自叫。

注释

①跂踵之山，古山名。吕调阳校作"跂禺之山"，《五藏山经传》卷四："尸胡南也。荣城以东海岸狒狒迅走踵反，故曰跂禺。"

译文

从跂踵山再往南行九百里水路，就到了跂踵山。山上草木茂盛，盛产金属矿物和玉石，还有很多赭石。山中有一种野兽，形状像牛，但尾巴似马尾，这种野兽名叫精精，它的叫声就像是在呼喊自己的名字。

无皋山

原 文

又南水行五百里，流沙三百里，至于无皋之山①。南望幼海②，东望榑木③。无草木，多风。是山也，广员百里。

注 释

①无皋之山，《五藏山经传》卷四："今自鸭绿江口循海西南百八十余里得沙河口，又五十里大庄河合沙河来入，又百四十里经水口四至大沙河口，又三十里至澄沙河口，此二百余里中海中小岛十有九傍岸，皆沙浅，又百三十里讫旅顺城曰无皋之山，即《北次三经》云'鸡号之山'也。无皋，小儿号乳也，象形。"

②幼海，郭璞曰："即少海也。"

③榑木，即扶桑，古代传说中的神木，据说太阳是从这里升起。

译 文

从晦隅山再往南行五百里水路，再行三百里流沙，就到了无皋山了。从山上向南可以远眺幼海，向东可以看见扶桑。无皋山上没有花草树木，山顶狂风怒吼。这座山，占地广阔，方圆百里。

总 观

原 文

凡东次三经之首，自尸胡之山至于无皋之山，凡九山，六千九百里。其神状皆人身而羊角。其祠：用一牡羊①，米用黍②。是神也，见则风雨水为败。

注释

①牡羊，鸟兽的雄性。

②黍，一种谷物，种子呈白色、黄色或褐色，性粘或不粘，可以食用或酿酒。现北方人俗称黄米子。

译文

纵观《东次三经》这一山系，从尸胡山起到无皋山，共九座山，沿途六千九百里。这些山神都是人身但头上长着羊角。祭祀这些山神的礼仪是，用一只公羊，精米作供品。这些山神一旦出现，就会发生风灾、雨灾、水灾，破坏田里的庄稼。

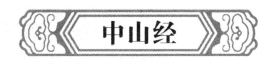

中山经

济山　辉诸山

原文

《中次二经》济山之首，曰辉诸之山，其上多桑，其兽多闾麋，其鸟多鹖[1]。

注释

①鹖：鸟名，即鹖鸡、鹖鸟，现在所说的寒号虫。外形如蝙蝠而大。冬眠于岩穴中。睡时倒悬其体。食甘蔗和芭蕉等的汁液。

译文

《中经二次》记述的中部第二列山系是济山，济山最东端的山名叫辉诸山。辉诸山上生长最多的树种是桑树，出没的野兽主要是山驴和麋鹿，栖息的鸟类主要是鹖。

发视山

原文

又西南二百里，曰发视之山，其上多金玉，其下多砥、砺。即鱼之水出焉，而西流注于伊水[1]。

注释

①伊水：伊河。在河南西部。

由辉诸山往西南二百里有座山，名叫发视山，发视山上蕴藏有丰富的金矿和玉石，山坡下有很多磨刀石。即鱼水就发源于这座山，流出山涧后便向西流入伊水。

豪 山

原 文

又西三百里，曰豪山，其上多金玉而无草木。

译 文

由发视山再往西三百里有座山，名叫豪山，豪山上蕴藏有丰富的金矿和玉石，但山上光秃秃的，寸草不生。

鲜 山

原 文

又西三百里，曰鲜山，多金玉，无草木，鲜水出焉，而北流注于伊水。其中多鸣蛇①，其状如蛇而四翼，其音如磬②，见则其邑大旱。

注 释

①鸣蛇：传说中的兽名，大体如蛇，但有四翼。

②磬：古代乐器，用石或玉雕成，悬挂于架上，击之而鸣。

译 文

由豪山再往西三百里有座山，名叫鲜山，鲜山上蕴藏着丰富的金矿和玉石。山上光秃秃的，没有一草一木，鲜水就发源于这座山，流出山涧后便向北流入伊水。鲜水中有很多鸣蛇，这种蛇形似蛇但长有四只翅膀，不时发出如击磬的鸣叫声，它一旦出现在哪里，哪里必将有严重旱灾。

阳 山

原文

　　又西二百里，曰阳山，多石，无草木。阳水出焉，而北流注于伊水。其中多化蛇①，其状如人面而豺②身，鸟翼而蛇行③，其音如叱呼④，见则其邑大水。

注释

　　①化蛇：古神话中的怪兽。

　　②豺：野兽名，形似犬而残猛如狼，俗名豺狗。

　　③蛇行：像蛇一样蜿蜒曲折地前进。

　　④叱呼：呼喝。

译文

　　由鲜山再往西三百里有座山，名叫阳山，阳山上满是石头，没有一草一木。阳水就发源于这座山，流出山涧后便向北流入伊水。阳水中有很多化蛇，这种蛇的身形似豺，面孔似人，并长着一对鸟的翅膀，但爬行还是似蛇，不时还发出如人的呵斥声的鸣叫声，它一旦出现在哪里，哪里的百姓就将遭受严重的水灾。

昆吾山

原文

　　又西二百里，曰昆吾之山，其上多赤铜①。有兽焉，其状如彘而有角，其音如号②，名曰蠪蚳，食之不眯。

注释

　　①赤铜：古代传说谓昆吾之山所出的铜，其色如火，质极坚，以铸刀剑，锋利无比。

②号：号叫，号哭。

译文

由阳山再往西二百里有座山，名叫昆吾山，昆吾山上蕴藏的矿物主要是赤铜。山上生长有一种野兽，其身形似猪，且长有角，发出的吼叫声似人号哭一般，这种野兽名叫蠪蚳，人吃了它的肉可以医治梦魇症。

蔓山　独苏山

原文

又西百二十里，曰蔓蔓山①，水出焉，而北流注于伊水，其上多金玉，其下多青雄黄。有木焉，其状如棠而赤叶，名曰芒草②，可以毒鱼。

又西一百五十里，曰独苏之山③，无草木而多水。

注释

①蔓山，古山名。蔓，山名，水名，草名。

②芒草，郭璞注："芒音忘。"这种草，秆直立、粗壮，形状像石楠而叶稀，有毒。

③独苏之山，吕调阳校作"独鮇之山"，《五藏山经传》卷五："鱼得水苏曰鮇，从禾，尾动如木折末也。伊水之义为死，唯近源处之鸾、交二水东北注伊，似鲜尾，故曰独苏。"

译文

从昆吾山再往西一百二十里的地方，有座山叫蔓山，蔓水是从这座山流出，然后向北流入伊水。山上蕴藏着丰富的金矿和玉石，山下有很多石青和雄黄。山上有一种树，形状像棠树，长着红色的叶子，名字叫芒草，鱼吃了这种草会被毒死。

从蔓山再往西一百五十里的地方，有座山叫独苏山，山上没有花草树木，但是溪流纵横，水源丰富。

蔓渠山

原文

又西二百里，曰蔓渠之山①，其上多金玉，其下多竹箭②。伊水出焉，而东流注于洛。有兽焉，其名曰马腹，其状如人面虎身，其音如婴儿，是食人。

注释

①蔓渠之山，古山名。《五藏山经传》卷五："伊水源西隔山曰蒖蔓谷。其水北流入洛屈曲如蔓，谷中潜通伊源如柜泄流，故曰蔓渠。"

②竹箭，竹的一种，可以制作箭杆，因此称竹箭。

译文

从独苏山再往西二百里的地方，有座山叫蔓渠山。山上蕴藏着丰富的金属矿物和玉石，山下到处是小竹丛。伊水是从这座山流出，然后向东流入洛水。山中有一种野兽，名字叫马腹，长着一副人的面孔，虎的身形，形貌奇异，它发出的声音像婴儿啼哭，这种野兽异常凶猛，会吃人。

总　观

原文

凡济山经之首，自煇诸之山至于蔓渠之山，凡九山，一千六百七十里，其神皆人面而鸟身。祠用毛，用一吉玉，投而不糈①。

注释

①投而不糈，投放山间，不用精米。

译文

    纵观《中次二经》济山这一山系，从煇诸山到蔓渠山，共九座山，沿途一千六百七十里。这些山的山神都人的面孔，鸟的身形。祭祀这些山神的礼仪是，用有毛的牲畜和一块吉玉作祭品，并将这些祭品投放在山上。祭祀时不用精米。

海外南经

原　文

地之所载，六合①之间，四海②之内，照之以日月，经之以星辰，纪之以四时③，要之以太岁④，神灵所生，其物异形，或夭或寿，唯圣人能通其道。

海外自西南陬至东南陬⑤者。

注　释

①六合：上下和东西南北四方，即天地四方，泛指天下或宇宙。

②四海：古代以中国四境有海环绕，各按方位为东海、南海、西海和北海，但亦因时而异，说法不一，犹言天下。

③四时：四季，春、夏、秋、冬。

④太岁：古代天文学中为纪年的方便而假设的星名。其运行的方向与岁星(即木星)相反，自东向西十二年运行一周天，每年行经一个星次，运行到某星次范围，就用"岁在某"来纪年。

⑤陬：角，角落。

译　文

大地所承载的，天地四方之中、四海之内的空间，都承受日光和月光的沐浴，星辰纺织着经纬线，一年四季循环往复，时光在一年又一年的更替中流逝，神灵所赐的人间万物，形状各异，或早夭或长寿，其中的道理也只有圣人才清楚。

我所游历的海外南部地区是从西南角到东南角的。

结匈国

结匈国在其西南，其为人结匈①。

①结匈：结胸，指鸡胸，因佝偻病形成的胸骨突出像鸡的胸脯的症状。

结匈国位于海外的西南角，这个国家的百姓都长着鸡胸。

南 山

南山在其东南。自此山来，虫为蛇，蛇号为鱼。一曰南山在结匈东南。

南山在结匈国的东南。从这座山里出来的人，都把虫叫作"蛇"，而把蛇称为"鱼"。有南山在结匈东南方的说法。

比翼鸟

比翼鸟①在其东。其为鸟青、赤，两鸟比翼。一曰在南山东。

①比翼鸟：传说中的一种鸟，雌雄老在一起飞。比翼，一同振动羽翼。

译文

比翼鸟生活在南山的东边。这种鸟为一只青鸟和一只红鸟，两只鸟各有一只翅膀，必须一同振动羽翼才能飞翔。一种说法是比翼鸟生活在南山的东边。

羽民国

原文

羽民国在其东南，其为人长头，身生羽。一曰在比翼鸟东南，其为人长颊①。

注释

①颊：面颊，脸的两侧从眼到下颌部分。

译文

羽民国在它的东南，羽民国的百姓脑袋较长，身上长有羽毛。也有说在比翼鸟东南，那儿的人都长着长长的脸颊。

二八神

原文

有神人二八，连臂①，为帝司夜②于此野。在羽民东。其为小人颊赤肩。尽十六人。

注释

①连臂：手挽手，臂挽臂。

②司夜：巡夜，主管夜间的报时。

译文

在羽民国的东边，有二八神人，他们互相挽着臂膀，天天为黄帝在山野中巡夜。他们在羽民国东。这些神人的脸颊都较短，肩胛是红色的。总共是十六个人。

毕方鸟

毕方鸟在其东，青水西，其为鸟人面一脚。一曰在二八神东。

在二八神人的东边是毕方鸟，毕方鸟在青水的西边，毕方鸟的身形是鸟，但面孔是人，而且只长有一只脚。一说毕方鸟在二八神的东边。

讙头国

讙头国在其南，其为人，人面有翼，鸟喙，方捕鱼。一曰在毕方东。或曰讙朱国。

毕方鸟的南边就是讙头国，讙头国的人虽然有人脸，但有一对翅膀，嘴似鸟喙，擅长捕鱼。也有说头国在毕方鸟的东边，还有的说讙头国又叫讙朱国。

厌火国

厌火国在其国南，兽身黑色，生火[1]出其口中。一曰在讙朱东。

注释

①生火：产生火气、热气。

译文

讙头国的南边是厌火国，厌火国的国民身形都像兽，全身黑色，嘴中能吐火。一说厌火国在讙头国的东边。

三珠树

原文

三珠树在厌火北，生赤水上，其为树如柏，叶皆为珠。一曰其为树若彗①。

注释

①彗：扫帚。

译文

厌火国的北边是三珠树，三珠树生长在赤水河边，三珠树像柏，树叶都是珍珠。也有的说三珠树像扫帚。

三苗国

原文

三苗国在赤水东，其为人相随。一曰三毛国。

译文

赤水河的东边是三苗国，三苗国君被尧杀死后，该国的百姓接连地迁徙到南海边。也有的说赤水河东边是三毛国。

载 国

载国在其东，其为人黄，能操弓射蛇。一曰载国在三毛东。

译文

三苗国的东边是载国，这个国家的百姓皮肤都是黄色的，擅长用弓箭射蛇。也有的说载国在三毛国东部。

贯匈国

原文

贯匈国在其东，其为人匈有窍[1]。一曰在载国东。

注释

[1]窍：孔，洞。

译文

载国的东边是贯匈国，贯匈国的百姓胸部都有一个洞。一说贯匈国在载国东部。

交胫国　不死民　岐舌国

交胫国在其东，其为人交胫[1]。一曰在穿匈[2]东。

不死民[3]在其东，其为人黑色，寿，不死。一曰在穿匈国东。

岐舌国[4]在其东。一曰在不死民东。

①其为人交胫，郭璞注："言脚胫曲戾相交，所谓雕题，交趾者也。或作颈，其为人交颈而行也。"意思是说，此地的人两只脚是互相交叉的。交胫，小腿弯曲相交。

②穿匈，即贯匈。

③不死民，郭璞注："有员丘山，上有不死树，食之乃寿，亦有赤泉，饮之不老。"

④岐舌国，却反舌，舌头是反转生的。郭璞注："其人舌皆岐，或云支舌也。"郝懿行按：支舌即岐舌，盖字讹也。

译 文

交胫国在它的东面，这个国家的人总是互相交叉着双腿双脚。还有一种说法认为交胫国在穿胸国的东面。

不死民在交胫国的东面，这个国家人皮肤黝黑，个个都能长生不老。还有一种说法认为不死民在穿胸国的东面。

岐舌国在它的东面，这个国家的人都是舌根在前、舌尖伸向喉部。还有一种说法认为反舌国是不死民的东面。

昆仑虚 羿与凿齿战

原 文

昆仑虚①在其东，虚四方②。一曰在岐舌东，为虚四方。

羿与凿齿战于寿华之野③，羿射杀之。在昆仑虚东。羿持弓矢，凿齿持盾，一曰戈④。

注 释

①昆仑虚，即昆仑山，亦作昆仑丘。郭璞注："虚，山下基也。"

②虚四方，即山是四方形的。虚，指山下底部的地基。

③羿，即后羿，传说中的天神，善射。凿齿，神名，齿长五六尺，状如凿子，故名。

④一曰戈，一作"一曰持戈"。

译文

昆仑山在它的东面，它的基部向四面八方延伸。还有一种说法认为昆仑山在岐舌国的东面，基部向四面八方延伸。

羿与凿齿在一个叫寿华的荒野交战厮杀，勇敢善战的羿把凿齿杀死了。地方就在昆仑山的东面。在这次交战中羿手持弓箭，凿齿手操盾牌。还有一种说法认为凿齿拿着戈。

三首国　周饶国

原文

三首国在其东，其为人一身三首①。一曰在凿齿东。

周饶国②在其东，其为人短小，冠带③。一曰焦饶国在三首东。

注释

①一身三首，意思是一个身子，三个脑袋。

②周饶国，传说中的小人国，其国人身高只有三尺。"周饶"亦作"焦饶"，皆"侏儒"之声转。郭璞注："其人长三尺，穴居，能为机巧，有五谷也。"

③冠带，戴着帽子，系着腰带。

译文

三首国在它的东面，这个国家的人都是一个身子三个脑袋。还有一种说法认为在凿齿的东面。

周饶国在它的东面，这个国家的人都是矮小身材，喜欢戴帽子、系腰带，整齐讲究。还有一种说法认为周饶国在三首国的东面。

海外西经

海外自西南陬至西北陬者。

我所游历的海外西部地区是从西南角到西北角的。

灭蒙鸟

灭蒙鸟在结匈国北，为鸟青，赤尾。

结匈国的北边便是灭蒙鸟的巢穴，这种鸟全身的羽毛都是青色的，只有尾巴是红色的。

夏后启

大运山高三百仞，在灭蒙鸟北。

大乐之野，夏后启①于此儛九代，乘两龙，云盖②三层。左手操翳③，右手操环④，佩玉璜⑤。在大运山北。一曰大遗之野。

①夏后启：姓姒，禹之子，相传禹命伯益继位为王，禹死后，伯

益推让，退隐箕山，启于是即位，在位九年。

②云盖：状如车盖的云。

③翳：用羽毛做的华盖，舞具。

④环：圆形而中间有孔的玉器。

④玉璜：半璧形的玉。

译文

大运山高二百多丈，灭蒙鸟栖息的地方再往北便到了大运山。

由大运山再往北就到了大乐之野。夏后启就曾在这里在天乐《九代》的音乐中跳舞。当时夏后启乘着两条龙，周围缭绕三层云雾。他左手举着羽毛做的华盖，右手持一玉环，衣佩玉璜。也有的说这儿不叫大乐之野，而叫大遗之野。

三身国

原文

三身国在夏后启北，一首而三身。

译文

夏后启的北边便是三身国，三身国的人都长着一个脑袋、三个身子。

一臂国

原文

一臂国在其北，一臂、一目、鼻孔。有黄马虎文，一目而一手。

译文

三身国的北边是一臂国，一臂国的人只有一半身体，只长着一只胳膊、一只眼睛、一个鼻孔。一臂国里有一种马，全身都是黄色的马鬃，并有虎斑，这种马只有一只眼睛和一条腿。

奇肱国

奇肱之国在其北。其人一臂三目，有阴有阳，乘文马^①。有鸟焉，两头，赤黄色，在其旁。

①文马：毛色有花纹的马。

一臂国的北边是奇肱国。奇肱国的人长有一只臂膀、三只眼睛，一身兼有阴阳两性，行走须骑文马。奇肱国里有一种鸟，长了两个脑袋，红黄色的毛，常随人而行。

形天与帝争神

形天^①与帝至此争神，帝断其首，葬之常羊之山。乃以乳为目，以脐为口，操干^②戚^③以舞。

①形天：刑天，神话人物。刑天原是一个无名的巨人，因和黄帝争神座，被黄帝砍掉了脑袋，才被称作刑天。

②干：指盾。

③戚：指大斧。

形天与黄帝在这里争战以夺其帝位，结果黄帝砍了他的首级，而将他的残身葬在常羊山。但形天仍不屈服，改用两乳为双目，以肚脐眼为口，挥舞着斧头和盾牌，欲与黄帝决一死战。

丈夫国　女丑之尸

原　文

丈夫国在维鸟北，其为人衣冠带剑①。

女丑之尸，生而十日炙杀之②。在丈夫北，以右手鄣③其面。十日居上，女丑居山之上。

注　释

①衣冠带剑，穿衣戴帽，腰间佩剑。

②女丑之尸，生而十日炙杀之。意思是女丑的尸体横躺在此地，她很不幸，生前被十个太阳炙杀。

③鄣，遮蔽的意思。

译　文

丈夫国在维鸟的北面，这个国家的人都是穿衣戴帽，佩带宝剑，一身英雄气概，非常讲究。

有一具女丑的尸体，她是被十个太阳的热气烤死的。她横卧在丈夫国的北面。死时她用右手遮住自己的脸。十个太阳高高挂在天上，女丑的尸体横卧在山顶上。

巫咸国

巫咸国在女丑北,右手操青蛇,左手操赤蛇。在登葆山,群巫所从上下也。

译 文

女丑尸体的北边就是巫咸国,巫咸总是右手缠绕一条青蛇,左手缠绕一条赤蛇。巫咸国有一座登葆山,登葆山实际上是天梯,巫师们都从这里往返于天上和人间。

并 封

原 文

并封在巫咸东,其状如彘,前后皆有首,黑。

译 文

巫咸国的东边就是并封出没的地方,并封是一种野兽,它的体形似猪,但头尾各长着一只脑袋,全身都是黑色的。

女子国

女子国在巫咸北,两女子居,水周之。一曰居一门中。

译 文

巫咸国的北边是女子国,有两个女子住在这里,这两个女子住处的周围都是水,也有的说这两个女子住在一个门里。

轩辕国

原 文

轩辕之国在此穷山之际，其不寿者八百岁。在女子国北。人面蛇身，尾交首上。

译 文

女子国的北边就是轩辕国，轩辕国北邻穷山，轩辕国的人民都长寿，寿命最短的也能活八百岁。轩辕国的国民都长着人样的面孔和蛇样的身形，尾巴缠绕在头上。

穷 山

原 文

穷山在其北，不敢西射，畏轩辕之丘。在轩辕国北。其丘方，四蛇相绕。

译 文

轩辕国的北边是穷山，站在穷山上，没有人敢向西射箭，因为那里便是黄帝的居住处——轩辕丘。轩辕丘的基座是方形的，丘上有四条蛇缠绕着，守护着轩辕丘。

诸夭之野

原 文

此诸夭之野，鸾鸟自歌，凤鸟自舞；凤皇卵①，民食之；甘露②，民饮之；所欲自从也。百兽相与群居。在四蛇北。其人两手操卵食之，两鸟居前导之。

注释

①皇卵：凤凰蛋。

②甘露：甜美的露水。

译文

诸夭之野，这里有很多能歌善舞的鸾鸟和凤鸟，这里的人们吃的是凤凰蛋，喝的是天上降下的甘露，人们想要什么就能得到什么。天下所有的兽类这里都有，且与人们相安无事地生活在一起。这里的人们都是两手捧着凤凰蛋津津有味地吃着，鸾鸟和凤鸟领着人前行。

白民国

原文

白民之国在龙鱼北，白身被①发。有乘黄②，其状如狐，其背上有角，乘之寿二千岁。

注释

①被：通"披"。

②乘黄：传说中的异兽名。

译文

龙鱼陵居的山再往北便是白民国，白民国的国民全身都是白色的，披头散发。白民国有种坐骑，名叫乘黄，其身形似狐，但背上长着角，人要是乘上这种坐骑，便可以长寿，能活二千岁。

肃慎国

原文

肃慎之国在白民北。有树名曰雄常①，先入伐帝，于此取之。

①雄常：神话中的树名，树皮可以制成衣服。

译 文

白民国的北边便是肃慎国。肃慎国有种树名叫雄常，每当有圣人出世、替代暴君时，都要到这里来，用雄常树的树皮制成衣服。

长股国

原 文

长股之国在雄常北，披发。一曰长脚。

注 释

肃慎国的北边便是长股国，长股国的人都披散着头发。也有的说长股国人的脚很长。

西方蓐收①

原 文

西方蓐收，左耳有蛇，乘两龙。

注 释

①蓐收：古代传说中的西方神名，司秋，也是金神。

译 文

西方有尊神，名叫蓐收。有人说他的左耳内有一条蛇守护着，他的坐骑是两条龙。

海外北经

一目国　柔利国

原文

一目国^①在其东，一目中其面而居。一曰有手足。

柔利国^②在一目东，为人一手一足，反郣^③曲足居上^④。一云留利之国，人足反折^⑤。

注 释

①一目国，《大荒北经》："有人一目，当面中生。一曰是威姓，少昊之子。食黍。"

②柔利国，《大荒北经》："有牛黎之国。有人无骨，儋耳之子。"牛黎即柔利，音相近。

③反郣，膝盖反转生。

④曲足居上，脚弯曲朝上。郭璞注："一足一手反卷曲也。"

⑤人足反折。郝懿行注："足反卷曲，有似折也。"

译 文

一目国在钟山的东面，这个国家的人，在脸的中间长着一只眼睛。还有一种说法认为一目国的人有手有脚，与普通人一样。

柔利国在一目国的东面，这个国家的人是一只手一只脚，膝盖是向反卷，脚心也是反卷朝天。还有一种说法认为柔利国就是留利国，人的脚是反折着的。

共工之臣相柳氏

共工①之臣曰相柳②氏，九首③，以食于九山。相柳之所抵④，厥为泽溪。禹杀相柳，其血腥，不可以树五谷种。禹厥⑤之，三仞三沮⑥，乃以为众帝之台。在昆仑之北，柔利之东。相柳者，九首人面，蛇身而青。不敢北射，畏共工之台。台在其东。台四方，隅有一蛇，虎色，首冲南方。

①共工，郭璞注："霸九州者。"

②相柳，郝懿行注："'相柳'《大荒北经》作'相繇'。"

③"九首"两句，郭璞注："头各自食一山之物，言贪暴难餍。"

④抵，触。

⑤厥，通"撅"，掘的意思。

⑥三仞三沮，郭璞注："掘塞之而土三沮滔，言其血膏浸润坏也。"沮，毁坏，塌陷。三沮，多次陷地。

译文

　　天神共工有位大臣叫相柳氏，有九个头，九个头分别在九座山上吃东西。凡是相柳氏所到之处，便会变成沼泽和溪流。后来，大禹杀死了相柳氏，血流过的地方血腥难闻，以至都不能种植五谷。大禹便掘除那些被相柳血浸的地方。掘地二丈多深，出现多次塌陷，于是大禹便把挖掘出来的泥土为众帝修造了帝台。这些帝台在昆仑山的北面，柔利国的东面。这个相柳氏，长着九个脑袋和人的面孔，蛇的身子，面容青色。人们不敢朝北射箭，因为敬畏北面的共工台。共工台在相柳的东面，台是四方形的，每个角上有一条蛇，身上的斑纹与老虎斑相似，蛇头朝向南方。

深目国　无肠国

原文

　　深目国①其东，为人举一手一目②，在共工台东。

　　无肠之国③在深目东，其为人长而无肠④。

注释

　　①深目国，《大荒北经》："有人方食鱼，名曰深目国之民。"

　　②为人举一手一目，深目国的人举起一只手，像是向人打招呼的样子。

　　③无肠之国，《大荒北经》："又有无肠之国，是任姓，无继子，食鱼。"

　　④其为人长而无肠，郭璞注："为人长大，腹内无肠，所食之物直通过。"

译文

　　深目国在它的东面，这个国家的人总是举起一只手，像是与人打招呼。还有一种说法认为深目国在共工台的东面。

无肠国在深目国的东面，这个国家的人身材高大但是奇怪的是肚子里没有肠子。

聂耳国

原文

聂耳之国①在无肠国东，使两文虎，为人两手聂其耳。县②居海水中，及水所出入奇物③两虎在其东④。

注释

①聂耳之国，《大荒北经》："有儋耳之国，任姓，禺号子，食谷。"聂通摄。

②县，通"悬"，意为飘浮。

③及水所出入奇物，意思是海水里经常出现一些奇怪的生物。

④两虎在其东，两文虎在聂耳国之东。

译文

聂耳国在无肠国的东面，这个国家的人使役着两只花斑大虎，行走时习惯用手摄着自己的大耳朵。聂耳国人居住在海中的孤岛上，能看到出入海水的各种怪物。两只老虎在聂耳国的东面。

夸父与日逐走

原文

夸父与日逐走①，入日②。渴欲得饮，饮于河渭；河渭③不足，北饮大泽。未至，道渴而死。弃其杖，化为邓林④。

注释

①夸父，相传为炎帝的后裔。逐走，竞走。

②入日，郭璞注："言及于日，将入也。"

③河渭，黄河，渭水。

④邓林，即桃林。

神人夸父追赶太阳，一直追到接近太阳的地方。这时夸父很渴，想要喝水，于是就喝黄河和渭河中的水，喝完了两条河水还是不解渴，又要向北去喝大泽中的水，还没走到，在半路上就渴死了。他死时所抛掉的手杖，后来变成了一片桃林。

博父国　禹所积石山

博父①国在聂耳东，其为人大，右手操青蛇，左手操黄蛇。邓林在其东，二树木。一曰博父。

禹所积石之山②在其东，河水所入。

①博父，郝懿行注："博父当即夸父，盖其苗裔所居成国也。"

②禹所积石之山。郝懿行注："《大荒北经》云：大荒之中，有山名曰光槛大逢之山，其西有山名曰禹所积石山，即此。又《海内西经》云：河水出昆仑，入渤海，又出外入禹所导积石山。亦此也。"

博父国在聂耳国的东面，这个国家的人身材高大，右手持一条青蛇，左手握着一条黄蛇。夸父死后由手杖变成的桃林在它的东面，所谓桃林，只不过是两棵，但是这两棵树非常大，所以二木成林了。

禹所积石山在博父国的东面，是黄河水的入口处。

拘缨国　寻木

原文

拘缨之国在其东，一手把缨①。一曰利缨之国。

寻木②长千里，在拘缨南，生河上西北。

注释

①一手把缨，郭璞注："言其人常以一手持冠缨也。或曰缨宜作瘿。"郝懿行曰："郭云'缨宜作瘿'，是国盖以一手把瘿得名也。"

②寻木，郭璞注："姑繇，大木也。《山海经》云：'寻木长千里，生河边。'即此木之类。"

译文

拘缨国在禹所积石山的东面，这个国家的人，常用手持帽子上的缨穗。还有一种说法认为拘缨国叫做利缨国。

寻木是一种参天大树，高可达千里，它生长在拘缨国的南面，黄河上游西北方。

跂踵国　欧丝之野

原文

跂踵国①在拘缨东，其为人大，两足亦大。一曰大踵②。

欧丝③之野在大踵东，一女子跪据树欧丝④。

注释

①跂踵，或作"反踵"、"大踵"，郝懿行注："跂踵之为反踵，亦犹歧舌之为反舌矣，已见《海外南经》"；"大踵疑当为支踵或反踵，并字形之讹"。今按：跂踵当指脚后跟分叉，犹如歧舌指舌头分叉。

②大踵，一种说法是，此地人的脚掌是反转生的（如这人往南走，

看起来他的脚迹却是朝北的)。

③欧丝，即"呕丝"，吐出蚕丝。

④一女子跪据树欧丝，郭璞注："言嗷桑葚而吐丝，盖蚕类也。"

 译文

跂踵国在拘缨国的东面，这个国家的人都是身材高大，两只脚也特别大。所以也有的认为跂踵国就叫大踵国。

欧丝之野在大踵国的东面，有一女子跪着靠树旁吐丝。

三桑无枝　范林

原文

三桑无枝①，在欧丝东，其木长百仞，无枝。

范林方三百里②，在三桑东，洲环其下③。

注释

①三桑无枝，即三棵桑树，没有树枝。郭璞注："言皆长百仞也。"《大荒北经》："有三桑无枝。"《北次二经》："洹山，三桑生之，其树皆无枝，其高百仞。"

②范林方三百里，即浮放在水上的一座森林，方圆约三百里。

③洲环其下，河洲环绕在它的下面。郭璞注："洲，水中可居者；环，绕也。"洲，水中的陆地，即岛。

译文

有三棵桑树，没有枝干，在欧丝之野的东面，这种树虽高达一百仞，却不生长树枝。

有片大树林，称为范林，方圆三百里，在三棵桑树的东面，小岛环绕着这片范林。

平 丘

译文

平丘在桑三东，爰有遗玉、青鸟①、视肉②、杨柳、甘柤、甘华③，百果所生，有两山夹上谷，二大丘居中，名曰平丘。

注 释

①遗玉，郭璞注："玉石。"青鸟，一作"青马"。

②视肉，郭璞注："聚肉，形如牛肝，有两目也，食之无尽，寻复更生如故。"

③甘柑，甘华，柑即山楂。甘华，木名。郭璞注："亦赤枝干，黄华。"

译文

平丘在三棵桑树的东面。这里有千年的玉石、青马、视肉、杨柳树、甘柤树、甘华树，是各种果树生长的地方。在两座山相夹的一道山谷上，有两座大丘位于其中，名叫平丘。

北海诸兽　北方禺强

原 文

北海内有兽，其状如马，名曰騊駼①。有兽焉，其名曰駮②，状如白马，锯牙，食虎豹。有素兽焉，状如马，名曰蛩蛩③。有青兽焉，状如虎，名曰罗罗。

北方禺强④，人面鸟身，珥⑤两青蛇，践两青蛇。

注释

①蛩蛩，传说中的野兽名。状如马，色青。

②駮，传说中的野兽名。

③蛩蛩，传说中的怪兽。郭璞注："即蛩蛩，巨虚也，一走百里，见《穆天子传》。"

④禺强，也叫玄冥，水神名。郭璞注："字玄冥，水神也。庄周曰：'禺强立于北极。'一曰禺京。一本云，北方禺强，黑身手足，乘两龙。"

⑤珥，耳朵上悬挂着。贯穿，悬挂的意思。

译文

北海内有一种野兽，形状像一般的马，名叫蛩蛩。还有一种野兽，名叫駮，形状像白马，长着锯齿般的利牙，专吃老虎和豹子。还有一种白色的野兽，形状像马，名叫蛩蛩。还有一种青色的野兽，形状像老虎，名叫罗罗。

最北方有个神叫禺强，长着人的面孔、鸟的身子，耳朵上插着两条青蛇，脚下踩着两条青蛇。

海外东经

海外自东南陬至东北陬者。

我所游历的海外东部地区是自东南角至东北角的。

奢比尸

奢比①之尸在其北，兽身、人面、大耳，珥两青蛇。一曰肝榆②之尸在大人北。

①奢比：奢龙。传说为黄帝之臣。

②肝榆：古代传说中的神名，即奢比。

大人国的北边是奢比神的尸体，奢比的身形是兽，面似人，两只耳朵很大，耳垂上各穿一条青蛇。也有肝榆之尸在大人国北面的说法。

君子国

君子国在其北，衣冠①带剑，食兽，使二大虎在旁，其人好让不争。有薰华草，朝生夕死。一曰在肝榆之尸北。

注 释

①衣冠：衣和冠。古代士以上戴冠，因用以指士以上的人穿的服装。

译 文

奢比尸体的北边是君子国，君子国的人个个衣冠楚楚，人人佩带宝剑，那里的人都吃野兽，身旁总有两只大老虎，他们性格谦和，为人忍让不好争斗。君子国有一种植物，名叫薰华草，寿命极短，早晨生长，到晚上便会死。还有一种说法认为君子国在肝榆之尸的北面。

青丘国九尾狐

 原 文

青丘国在其北，其狐四足九尾。一曰在朝阳北。

译 文

朝阳谷的北边是青丘国，青丘国有一种狐，长着四只脚、九条尾巴。青丘在朝阳谷的北面。

帝（禹）命竖亥步

原 文

帝命竖亥步①，自东极至于西极，五亿十选②九千八百步。竖亥右手把算③，左手指青丘北。一曰禹令竖亥。一曰五亿十万九千八百步。

 注 释

①竖亥：神话传说中的人物，走得很快。步：步量。

②选：数词，万。

③算：竹制的筹，古代人计数之用。

译 文

禹命竖亥步量出大地从东极到西极的长度，竖亥计算出共五亿十选（万）九千八百步。竖亥是一边用右手计算、一边用左手指青丘国的北边。还有的说，禹命竖亥测量，一共是五亿十万九千八百步。

黑齿国

原文

黑齿国在其北，为人黑，食稻啖蛇①，一赤一青，在其旁。一曰在竖亥北，为人黑首，食稻使蛇，其一蛇赤。

注释

①啖：吃。

译文

竖亥的北边有个国家，名叫黑齿国，黑齿国的百姓牙齿都是黑色的，主食是稻米，爱吃蛇，人人身边都总有两条蛇，一条是红色的，一条是青色的。另有一种说法，说黑齿国在竖亥的北面，人人的脑袋都是黑的，吃稻米，使唤蛇，其中总有一条红蛇。

汤谷十日

原文

下有汤谷①。汤谷上有扶桑，十日②所浴③，在黑齿北。居水中，有大木，九日居下枝，一日居上枝。

注释

①汤谷：旸谷。古代传说中的日出之处。

69

②十日：十个太阳。

③浴：沐浴，洗澡。

译文

　　黑齿国的下面有个谷，这就是汤谷。汤谷上有一种神树叫扶桑，这里是十个太阳洗澡的地方，在黑齿国的北面。扶桑树就生长在汤谷水中，树干树枝很大很高，九个太阳在下面的树枝上，一个太阳在上面的树枝上。

雨师妾

原文

　　雨师妾在其北。其为人黑，两手各操一蛇，左耳有青蛇，右耳有赤蛇。一曰在十日北，为人黑身人面，各操一龟。

译文

　　汤谷的北边是雨师妾国。雨师妾国的人皮肤很黑，两手总是各握一条蛇，两只耳垂也各穿着一条蛇，左耳穿的是青色的蛇，右耳穿的是红色的蛇。另外也还有一种说法，说雨师妾国在汤谷的北面，雨师妾国的国民全身都是黑色的，人面，两手各握一只龟。

玄股国

原文

　　玄股之国在其北。其为人衣鱼①食鸥，使两鸟夹之。一曰在雨师妾北。

注释

①衣鱼：以鱼皮为衣。

译文

　　雨师妾国的北边是玄股国。玄股国的人都以鱼皮做衣，以鸥鸟为食。他们的身旁总是一左一右地有两只鸟供他们使唤。有种说法是在雨师妾北。

毛民国

 原文

毛民之国在其北，为人身生毛。一曰在玄股北。

译文

玄股国的北边有个国家，名叫毛民国，毛民国的人全身都长着又黑又粗的鬃毛。有种说法是在玄股北。

劳民国

原文

劳民国在其北，其为人黑。或曰教民。一曰在毛民北，为人面目手足尽黑。

译文

毛民国的北边就是劳民国，劳民国的人皮肤都是黑黝黝的劳民。也有的称"教民"。皮肤黑黝黝的，脸、眼、手、脚都是黑色的。有种说法是在毛民北。

东方句芒

原文

东方句芒①，鸟身人面，乘两龙。

注释

①句芒：古代传说中的主木之官。又为木神名。

译文

东方的司神名叫句芒，身形似鸟，面似人，句芒常常乘着两条龙。

海内南经

瓯居海中　三天子鄣山

原　文

海内东南陬以西者。

瓯居海中①。闽在海中②，其西北有山。一曰闽中山在海中③。

三天子鄣山④在闽西海北。一曰在海中。

注　释

①瓯居海中，郭璞注："今临海永宁县即东瓯，在岐海中也；音呕。"东瓯，即今浙江省旧温州府地。

②闽在海中，郭璞注："闽越即西瓯，今建安郡是也，亦在岐海中。"

③闽中山在海中，闽所属的山在海中。

④三天子鄣山，郝懿行注："《海内东经》云：浙江出三天子都，庐江出三天都。一曰'天子鄣'。即此。"

译　文

海内由东南角向西的国家、山川分布如下。

东瓯在海中。七闽也在海中，它的西北方向有座山。还有一种说法认为七闽中的山也在海中。

三天子鄣山在闽的西北方向。还有一种说法认为三天子鄣山在海中。

桂林八树　伯虑国

原　文

桂林八树在番隅①冻。

伯虑国②、离耳国②、雕题国④、北朐⑤国皆在郁水南。郁水出湘陵南海⑥。一曰相虑。

注　释

①番隅，或作贲禺，皆今番禺。

②伯虑国，郭璞注："未详。"郝懿行注："《伊尹四方令》云：'正东伊虑'，疑即此。"

③离耳，郭璞注："即儋耳也。"

④雕题国，郭璞注："点涅其面，画体为鳞采，即鲛人也。"大意是略似今纹身。

⑤北朐，郝懿行注："疑即北户也。"

⑥郁水出湘陵南海，郁水一作"郁林"；南海一作"南山"。

译　文

桂林的八棵树高大成林，位于番隅的东面。

伯虑国、离耳国、雕题国、北朐国都在郁水河的南面。郁水是从湘陵南山流出。还有一种说法认为伯虑国又叫做相虑国。

枭阳国

原　文

枭阳国在北朐之西。其为人人面长唇，黑身有毛，反踵①，见人笑亦笑，左手操管②。

注　释

①反踵，足跟是倒转生的。

73

②左手操管，左手握着一只竹筒。

枭阳国在北朐国的西面。这个国家的人样子像人，但是嘴唇又大又长，黑黑的身子还长毛，脚跟在前而脚尖在后，一看见人就张口大笑；左手握着一根竹筒。

兕　苍梧山

原文

兕①在舜葬东，湘水南，其状如牛，苍黑，一角。

苍梧之山，帝舜葬于阳，帝丹朱葬于阴。

注释

①兕，郭璞注："兕亦似水牛，青色，一角，重三千斤。"

译文

兕生活在帝舜墓葬的东面，在湘水河的南边。兕的形状像一般的牛，全身青黑色的毛，头上长着一只角。

苍梧山，帝舜葬在这座山的南面，帝丹朱葬在这座山的北面。

氾林　狌狌知人名

氾林方三百城，在狌狌①东。

狌狌知人名，其为兽如豕而人面，在舜葬西。

①狌狌，同"猩猩"。郝懿行注："《海内经》云：'猩猩，青兽。'"

氾林方圆三百里，在猩猩生活之地的东面。

猩猩能知道人的姓名，这种野兽的形状像一般的猪却长着人的面孔，生活在帝舜葬地的西面。

犀牛　夏后启之臣孟涂

狌狌西北有犀牛①，其状如牛而黑。

夏后启之臣曰孟涂②，是司神③于巴人。有请讼于孟涂之所，其衣有血者乃执之，是请生。居山上，在丹山西。丹山在丹阳南，丹阳居属也。

①犀牛，郭璞注："犀牛似水牛，猪头，庳脚，三角。"

②孟涂，或作"血涂"、"孟余"、"孟徐"。传说曾受帝启之命到巴国处理案件。

③司神，管理神事。其中包括处理案件。

猩猩的西北面有犀牛，它的形状像一般的牛，全身长着黑色毛。

夏朝国王启有个臣子叫孟涂，是主管巴地诉讼的神。巴地的人到孟涂这里来告状，而告状人中有谁的衣服沾上血迹，就会被孟涂拘禁起来。这是他爱护生命的表现。孟涂住在丹山的西面。丹山在丹阳的南面，而丹阳是巴的属地。

窫窳龙首

原文

窫窳①龙首，居弱水中，在狌狌知人名之西，其状如龙首，食人。

注释

①窫窳，郭璞注："窫窳，蛇身人面，为贰负臣所杀，复化而成此物也。"贰负臣杀窫窳事，见《海内西经》。

译文

窫窳长着龙一样的头，生活在弱水中，也就是猩猩知人名的西面，它的形状像龙一样，异常凶猛，还会吃人。

建 木

原文

有木，其状如牛，引之有皮，若缨、黄蛇①。其叶如罗②，其实如栾③，其木若蓲④，其名曰建木⑤。在窫窳西弱水上。

注释

①其状如牛，牵引它就有皮掉下来，像冠上的缨带，又像黄蛇。郭璞注："言牵之皮剥如人冠缨及黄蛇状也。"

②其叶如罗，郭璞注："如绫罗也。"

③栾，郭璞注："木名，黄本，赤枝，青叶，生云雨山。或作卵，或作麻。"

④蓝，树名，即刺榆。

⑤建木，郭璞注："青叶紫茎，黑华黄实，其下声无响，立无影也。"

译 文

有一种神木，形状像牛，它的皮像人帽子上的缨穗，也像黄色蛇皮。它的叶子像罗网，果实像栾树结的果实，树干像刺榆，这种神木叫建木。这种建木生长在窫窳龙首西边的弱水上。

氐人国 巴蛇食象

原 文

氐人国①在建木西，其为人人面而鱼身，无足②。

巴蛇食象，三岁而出其骨，君子服之，无心腹之疾。其为蛇青、黄、赤、黑③。一曰黑蛇青首，在犀牛西。

注 释

①氐人国，《大荒西经》："有互人之国。炎帝之孙，名曰灵恝，灵恝生互人，是能上下于天。"郭璞注："人面鱼身。"

②其为人人面而鱼身，意思是此地的人是人的脸，鱼的身子，没有足。郭璞注："尽胸以上人，胸以下鱼也。"

③其为蛇青黄赤黑，言此种蛇色彩驳斑，诸色并存。

译 文

氐人国在建木所在地的西面，这个国家的人都长着人的面孔，鱼的身子，没有脚。

巴蛇能吞下大象，但是三年后才能排泄出大象的骨头，贤人吃了巴蛇的肉，就不会患心腹的疾病。这种巴蛇的颜色是青色、黄色、红色、黑色混合间杂的。还有一种说法认为巴蛇是黑色身子，青色脑袋，在犀牛所在地的西面。

旄马　匈奴开题之国

旄马，其状如马，四节有毛①。在巴蛇西北，高山南。

匈奴、开题之国、列人之国并在西北②。

①旄马，其状如马，四节有毛，意思是旄马这种动物，它的形状像马，四条腿的关节上都长有毛。旄马，即豪马。

②匈奴、开题之国、列人之国并在西北，郭璞注："三国并在旄马西北。"

旄马，形状像普通的马，但四条腿的关节上都有长毛。旄马在巴蛇所在地的西北面，也就是一座高山的南面。

匈奴国、开题国、列人国都在旄马的西北方向。

海内西经

原 文

海内西南陬以北者。

译 文

再说说海内西南角以北的海内西部地区。

危与贰负杀窫窳

原 文

贰负①之臣曰危，危与贰负杀窫窳②。帝乃桎③之疏属之山，桎④其右足，反缚两手与发，系之山上木。在开题西北。

注 释

①贰负：古代传说中的神名，人面蛇身。

②窫窳：古代传说中的神名，原来为人面蛇身，被贰负及危杀死后而化成龙头、猫身。

③桎：古代木制的手铐。戴上手铐，也泛指械系，拘系。

④桎：古代拘系罪人的木制脚镣，这里是指给脚带上刑具。

译 文

有位天神名叫贰负神，贰负神有位下臣名叫危，危与贰负神一起杀死窫窳。天帝于是将危拘禁在疏属山，将他的右脚锁住，将他的双手与头发捆在一起，系在疏属山上的一棵树上。这座山就在开题国的西北边。

少年读山海经

大　泽

大泽方百里，群鸟所生及所解。在雁门北。

译　文

有个地方叫大泽，这儿方圆有百里，是群鸟繁殖和换羽毛的栖息地。大泽就在雁门山的北边。

雁门山

原　文

雁门山，雁出其间。在高柳北。

译　文

雁门山，是大雁的栖息地，大雁都是从那里飞出来的。雁门山，就在高柳山的北边。

高　柳

原　文

高柳在代北。

高柳山位于代州的北边。

后稷之葬

原文

后稷之葬，山水环之。在氐国西。

译文

后稷死后葬在一处景色幽雅的地方，那儿周围都有青山绿水环绕着。在氐人国西边。

流黄酆氏国

原文

流黄酆氏之国，中方三百里；有涂①四方，中有山。在后稷葬西。

注释

①涂：通"途"。指道路。

译文

在后稷葬地的西边便是流黄酆氏国，流黄酆氏国国土方圆三百里，东南西北四方都有道路，国内中心有一座山。

流　沙

原文

流沙①出钟山，西行又南行昆仑之虚，西南入海，黑水之山。

注释

①流沙：水名，即流沙河。

流沙发源自钟山，向西流出再转向南流至昆仑山，再向西南流入西海，最终流至黑水山。

东　胡

　　东胡在大泽东。

　　东胡国在大泽的东边。

夷　人

　　夷人在东胡东。

　　东胡国的东边便是夷人国。

貊　国

　　貊国在汉水东北。地近于燕，灭之。

　　貊国在汉水的东北。与燕国毗邻，后被燕国灭亡。

孟 鸟

原 文

孟鸟在貊国东北。其鸟文赤、黄、青，东乡^①。

注 释

①乡：通"向"。

译 文

貊国的东北边生长着一种鸟，名叫孟鸟。它的羽毛是彩色的，嵌有红色、黄色和青色的花纹，任何时候它们都面向东方。

海内昆仑之虚

原 文

海内昆仑之虚，在西北，帝之下都^①。昆仑之虚，方八百里，高万仞。上有木禾^②，长五寻^③，大五围^④。面有九井，以玉为槛^⑤。面有九门。门有开明兽^⑥守之，百神之所在。在八隅之岩，赤水之际，非仁羿莫能上冈之岩。

注 释

①下都：神话传说中天帝在地上所住的都邑的名称。

②木禾：传说中一种高大的谷类植物。

③寻：中国古代的一种长度单

83

位，八尺为寻。

④围：量词，两臂合抱的圆周长。

⑤槛：栏杆。也指井栏。

⑥开明兽：传说中的神兽名。

海内昆仑山在西北方，那里是天帝在下界的都邑。昆仑山方圆八百里，高达万仞。昆仑山上生长有一种植物，名叫木禾，高约五寻，粗约五围。昆仑山的四面，每面都有九口用玉石围栏的井。每面还有九扇门，门由开明神把守，而众神则把守着昆仑山的各方悬崖和山脚赤水岸边。由此可见这座山山势陡峭，没有后羿那样的本领是攀不上去的。

赤 水

赤水出东南隅，以行其东北。西南流注南海，厌火东。

赤水就发源于昆仑山的东南麓，并向山的东北脚流出。赤水向西南流去，在厌火国东注入南海。

河 水

原 文

河水出东北隅，以行其北，西南又入渤海，又出海外，即西而北，入禹所导积石山。

译 文

昆仑山的东北麓是黄河的发源地，黄河流出昆仑山后便向北、再折向西南流入渤海，再流出海外，再折向西、折向北，最后流至当初禹治理黄河时所垒成的积石山。

洋　水

原文

洋水、黑水出西北隅，以东，东行，又东北，南入海，羽民南。

译文

昆仑山的西北麓是洋水、黑水的发源地，这两条河流出昆仑山后便向东流去，再折向东北，再折向南流入海，最终流至羽民国的南边。

弱　水

原文

弱水、青水出西南隅，以东，又北，又西南，过毕方鸟东。

译文

昆仑山的西南麓是弱水、青水的发源地，这两条河流出昆仑山后便折向东，再折向北，再折向西南，最终经过毕方鸟以东。

开明兽

原文

昆仑南渊深三百仞。开明兽身大类虎而九首，皆人面，东向立昆仑上。

译文

昆仑山的南面有个深渊，深达三百仞。深渊中有一头兽，名叫开明兽。开明兽身躯很大，身形似虎，长着九个脑袋，九个面孔都似人，开明兽总是面向东方站在昆仑山巅。

开明西凤凰

 原 文

开明西有凤凰、鸾鸟，皆戴蛇践蛇，膺①有赤蛇。

注 释

①膺：胸腔，胸部。

 译 文

开明兽的西边有凤凰、鸾鸟，这里的凤凰、鸾鸟的头上都戴着蛇，脚下踩着蛇，胸前还挂着蛇。

开明北不死树

原 文

开明北有视肉、珠树①、文玉树②、玗琪树③、不死树④。凤凰、鸾鸟皆戴瞂。又有离朱⑤、木禾、柏树、甘水、圣木曼兑，一曰挺木牙交。

注 释

①珠树：神话传说中的仙树，上面能长出珍珠。

②文玉树：传说中的五彩玉树。

③玗琪树：神话传说中的神树，能长出红色玉石。

④不死树：神话传说中的一种树，人食之可得长生。

⑤离朱：传说中的神禽。

开明兽的北边有视肉，还生长有珠树、五彩斑斓的玉树、玕琪树、不死树。那里的凤凰和鸾鸟头上都戴着似盾的冠。那里还有离朱鸟、木禾、柏树、醴泉、圣木曼兑，圣木曼兑还可以叫梃木牙交。

开明东诸巫疗窫窳

开明东有巫彭、巫抵、巫阳、巫履、巫凡、巫相，夹窫窳之尸，皆操不死之药以距之。窫窳者，蛇身人面，贰负臣所杀也。

译　文

开明兽的东边居住着巫彭、巫抵、巫阳、巫履、巫凡、巫相几位巫师，这几位巫师围着窫窳的尸体，都拿着各自炼制的长生不老药，想使这位天神复活。窫窳，长得像蛇，面孔似人，就是那位被贰负下臣危所杀的天神。

服常树上三头人

原　文

服常树，其上有三头人，伺琅玕树①。

注　释

①琅玕树：琅玕，像珠子的美石。琅玕树是传说一种能结出珠玉的仙树。

译　文

开明兽东边还有一种树，名叫服常树，这棵树上有人长着三个脑袋，盯着前面的琅玕树。

开明南树鸟

开明南有树鸟，六首；蛟[1]、蝮[2]、蛇、蜼、豹、鸟秩树，于表池树木，诵鸟、鶽视肉。

①蛟：古代传说中能发水的一种龙。

②蝮：动物名，蝮蛇，一种毒蛇，也叫"草上飞"、"土公蛇"。体呈灰褐色，有黑褐色斑纹，头略呈三角形。毒液可供药用。

译 文

开明兽的南边有只鸟，名叫树鸟，长有六只脑袋。那里还有蛟龙、蝮蛇、小蛇、长尾猿、豹和鸟秩树，树都是环绕着瑶池排列生长的。另外还有诵鸟、雕、视肉。

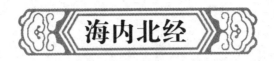

海内北经

蛇巫山上操杯人

原 文

海内西北陬以东者。

蛇巫之山，上有人操杯①而东向立。一曰龟山。

注 释

①杯，郭璞注："或作'桮'，字同"。郝懿行曰："杯即'桮'字之
异文。"

译 文

海内由西北角向东的国家、山川、河流、物产依次如下。

蛇巫山，山上有人拿着棍棒向东站着。还有一种说法认为蛇巫山
叫做龟山。

西王母　大行伯

原 文

西王母梯①几而戴胜杖，其南有三青鸟②，为西王母取食。在昆仑
虚③北。

有人曰大行伯④，把戈⑤。其东有犬封国⑥。贰负之尸在大行伯东。

注 释

①梯，凭，依着。

②三青鸟，神话传说中多力善飞的猛禽。《西次三经》："三危之山，三青鸟居之。是山也，广员百里。"《大荒西经》："有三青鸟，赤首黑目……一名曰青鸟。"

③虚，同"墟"，义同"山"。

④大行伯，疑为共工之子脩。

⑤把戈，手里拿着一把戈。

⑥犬封国，郭璞注："昔盘瓠杀戎王，高辛以美女妻之，不可以训，乃浮之会稽东海中，得三百里地封之，生男为狗，女为美人，是为狗封之国也。"

译文

西王母倚靠着小桌案并且戴着玉。她的南面有三只勇猛善飞的青鸟，这些鸟负责为西王母觅取食物。西王母和三青鸟在昆仑山的北面。

有人名叫大行伯，手握着长戈。他的东面有犬封国。贰负之尸也在大行伯的东面。

犬封国

原文

犬封国曰犬戎国①，状如犬。有一女子，方跪进杯食②。有文马③，缟身朱鬣④，目若黄金，名曰吉量⑤，乘之寿千岁。

注释

①犬戎国，也叫狗国。"封""戎"音近。

②杯食，同"杯食"，即一杯酒食之意。

③文马，马赤鬣缟身，目若黄金。

④朱鬣，马颈上的红色长毛。

⑤吉量，亦作"吉良"。

译文

犬封国也叫犬戎国，这个国家的人都是狗的模样。有个女子，正跪在地上捧着一杯酒食向人进献。有一种马，白色身子，红色鬃毛，眼睛像黄金一样闪闪发光。名叫吉量，骑这种马能使人长寿千岁。

鬼国 蜪犬 穷奇

原文

鬼国①在贰负之尸北，为物人面而一目。一曰贰负神在其东，为物人面蛇身。

蜪②犬如犬，青，食人从首始。

穷奇③状如虎，有翼，食人从首始，所食被发，在蜪犬北。一曰从足。

注释

①鬼国，即一目国，参见《海外北经》"一目国"，又见《大荒北经》"威姓少昊之子。"

②蜪犬，古兽名。

③穷奇，古兽名。毛如猬。《西次四经》"邦山，其上有兽焉，其状如牛，猬毛，名曰穷奇，音如獆狗，是食人。"

译文

鬼国在贰负之尸的北面，这个国家的人是人的面孔却只有一只眼睛还有一种说法认为贰负神在鬼国的东面，他是人的面孔，蛇的身子。

蜪犬的形状像狗，全身青色，这种蜪会吃人，而且是从人的头开始吃起。

穷奇的样子长得像老虎，又有翅膀，穷奇吃人也是从人的头开始吃起。正被吃的人是披头散发。穷奇在蜪犬的北面。还有一种说法认为穷奇吃人是从人的脚开始吃起的。

帝尧台　大蜂

帝尧台、帝喾台、帝丹朱台、帝舜台①，各二台②，台四方，在昆仑东北。

大蜂，其状如螽③。朱蛾，其状如蛾。

①帝丹朱台、帝舜台，郝懿行注："《大荒西经》有轩辕台，《北经》有共工台。亦此之类。"

②各二台，台四方，郝懿行注："众帝之台已见《海外北经》。"

③其状如螽，郝懿行注："蜂有极桀大者，仅曰如螽，与螽字形近，故讹耳。"

帝尧台、帝喾台、帝丹朱台、帝舜台，各自有两座台，每座台都是四方形，在昆仑山的东北面。

有一种大蜂，形状像螽斯，头很大。有一种朱蛾，形状像蚍蜉。

林氏国驺吾

林氏国有珍兽，大若虎，五采毕具①，尾长于身，名曰驺吾②，乘之日行千里。

①五采毕具，五种颜色俱备。

②驺吾，传说中的野兽。

译 文

林氏国有一种珍奇的野兽，大小与老虎差不多，身上有五彩斑纹，尾巴比身子还要长，名叫驺吾，骑上它可以日行千里。

昆仑虚南氾林　从极之渊冰夷

原 文

昆仑虚南所，有氾林①方三百里。

从极之渊，深三百仞，维冰夷恒都焉。冰夷人面，乘两龙，一曰忠。

注 释

①氾林，森林。

②渊，一作"川"。

③维冰夷恒都焉，只有水神冰夷在此处歇息。冰夷，也作冯夷、无夷，也就是传说中的水神河伯。

④忠，一作"中"

译 文

在昆仑山的南面，有一片氾林，方圆三百里。

从极渊深三百仞，只有冰夷神常常住在这里。冰夷神长着人的面孔，常常乘着两条龙飞行。还有一种说法认为从极渊又叫忠极渊。

阳汙山

原 文

阳汙①之山，河出其中；凌门之山，河出其中。

注 释

①阳汙，即阳纡，声相近。

93

阳汙山，黄河的一条支流从这座山流出；凌门山，黄河还有一条支流从这座山流出。

王子夜尸　宵明　烛光

原 文

王子夜①之尸，两手、两股、胸、首、齿，皆断异处。

舜妻登比氏生宵明、烛光②，处河大泽，二女之灵照此所方百里。一曰登北氏。

注 释

①王子夜，郭璞注："此盖形解而神连，貌乖而气合，合不为密，离不为疏。"

②舜妻登比氏生宵明、烛光，意思是舜的妻子登比氏，生了宵明和烛光两个女儿，居住在河边旁边的大泽中，两位女神的灵光照耀在这方圆一百里的地方。

译 文

王子夜的尸体，两只手、两条腿、胸部、头部、牙齿，都被砍断并且分散在不同地方。

帝舜的妻子登比氏生了宵明、烛光两个女儿，她们住在黄河边上的大泽边上，两位神女的灵光可以照亮方圆百里的地方。还有一种说法认为帝舜的妻子叫登北氏。

盖国　朝鲜　列姑射　射姑国

原 文

盖国在钜燕南，倭①北。倭属燕。

朝鲜②在列阳东，海北山南。列阳属燕。

列姑射③在海河州中。

射姑国④在海中，属列姑射，西南，山环之。

注 释

①倭，郭璞注："倭国在带方东大海内，以女为主，其谷露纩，衣服无针功，以丹朱涂身。不妒忌，一男子数十妇也。"

②朝鲜，郭璞注："朝鲜，今乐浪县，箕子所封也。列亦水名也，今在带方，带方有列口县。"

③列姑射，郭璞注："山名也。山有神人。河州在海中，河水所经者。庄子所谓藐姑射之山也。"

④射姑国，应作"姑射国"。

译 文

盖国在钜燕国的南面，倭国的北面。倭国也属于燕国管辖。

朝鲜在列阳的东面，北面有大海，南面有高山。列阳也属于燕国管辖。

列姑射山在大海的河州之中。

姑射国在海中，属于列姑射的一部分。射姑国的西南部有高山环绕。

大蟹　陵鱼　大鲠

原 文

大蟹①在海中。

陵鱼②人面，手足，鱼身，在海中。

大鲠③居海中。

注 释

①大蟹，郭璞注："盖千里之蟹也。"

②陵鱼，即龙鱼。《海外西经》："龙鱼陵居在其北。"

③大鲠，郭璞注："鲠即魴也。"

译文

大蟹生活在海里。

陵鱼长着人的面孔，而且有手有脚，就是身形像鱼，生活在大海里。

大鲠鱼生活在海里。

明组邑　蓬莱山　大人之市

原文

明组邑①居海中。

蓬莱山在海中②。

大人之市③在海中。

注释

①明组邑，郝懿行注："明组邑盖海中聚落之名，今未详。"

②蓬莱山，郭璞注："上有仙人宫室，皆以金玉为之，鸟兽尽白，望之如云，在渤海中也。"

③大人之市，《大荒东经》："有波谷山者，有大人之国。有大人之市，名曰大人之堂。"

译文

明组邑生活在海中。

蓬莱山屹立在海中。

大人贸易的集市在海里。

海内东经

海内东北陬以南者。

再说说海内东北角以南的海内东部地区。

钜 燕

钜燕在东北陬。

海内最东北的角落是钜燕国。

国在流沙外者

国在流沙外者，大夏、竖沙、居繇、月支之国。

昆仑山东南那片流沙外有四个国家：大夏国、竖沙国、居繇国、月支国。

西胡白玉山

原文

西胡白玉山在大夏东，苍梧在白玉山西南，皆在流沙西，昆仑虚东南。昆仑山在西胡①西。皆在西北。

注释

①西胡：西域。

译文

西域有一座山，名叫白玉山。这座山在大夏的东边。白玉山的西南就是苍梧国。白玉山、苍梧国都在流沙的西边、昆仑山的东南边。昆仑山在西域的西部。西域在海内的西北部。

雷泽中雷神

原文

雷泽中有雷神①，龙身而人头，鼓②其腹。在吴西。

注释

①雷泽：亦作"靬泽"，古泽名，神话传说中雷神的居处。雷神：神话中主管打雷的神。俗称雷公。

②鼓：鼓动，拍打。

吴国的西边有个雷泽。雷泽中有神，名叫雷神，雷神身形似龙，脑袋似人，他只要一拍肚子，便会发出震耳欲聋的雷声。

都 州

都州在海中。一曰郁州。

海中有个小岛，名叫都州。也有的说名叫郁州。

琅琊台

原 文

琅邪台①在渤海间，琅邪之东。其北有山，一曰在海间。

注 释

①琅邪台：台名，在山东琅玡山上。秦始皇筑层台刻石纪功处，地临黄海，气象恢宏。

渤海中有一座高台，即琅琊台。琅琊台西邻琅琊国，北边就是琅琊山。有种说法是在海间。

韩 雁

原 文

韩雁在海中，都州南。

都州南边的大海中的国家，就是韩雁国。

始 鸠

始鸠在海中，辕厉南。

韩雁国南边的大海中那个国家便是始鸠国。

会稽山

会稽山在大楚南。

会稽山在大楚国的南边。

少昊之国

原文

东海之外大壑①，少昊之国②。少昊孺帝颛顼于此③，弃其琴瑟④。有甘山者，甘水出焉⑤，生甘渊⑥。

注释

①大壑，大谷。

②少昊之国，少昊，金天氏帝挚之号。传说少昊在东海建国，以鸟为官，少昊自名挚；挚、鸷古字相通。

③少昊孺帝颛顼于此，少昊在此地扶养帝颛顼。孺，通"乳"，扶养。

④弃其琴瑟，少昊把颛顼幼童时玩过的琴瑟扔在大壑里。郭璞注："言其壑中有琴瑟也。"

⑤甘水，郝懿行注："甘水穷于成山，见《大荒南经》。"

⑥生甘渊，郭璞注："水积则成渊也。"

译文

东海之外有一个深不知底的沟壑，这里是少昊建国的地方。少昊就在这里养育帝颛顼成长，帝颛顼幼年玩耍过的琴瑟还放在这里。这儿有座甘山，甘水从这座山流出，然后流汇成一个大水渊。

皮母地丘　大言山

大荒东南隅有山，名皮母①地丘。

东海之外，大荒之中，有山名曰大言②，日月所出。

注　释

①皮母，或作波母。

②大言，一作大谷。

译　文

大荒的东南角有座山，叫皮母地丘山。

东海以外，大荒当中，有座山名叫大言山，太阳和月亮是从这里升起的。

大人国大人市　小人国靖人

原　文

有波谷山者，有大人之国①。有大人之市②，名曰大人之堂。有一大人踆③其上，张其两耳。

有小人国，名靖人④。

注　释

①大人之国，即大人国，见《海外东经》。

②大人之市，郝懿行注："《海外东经》云'大人之市大海中'，今登州海市常有状如云。"

③踆，郭璞注："踆或作俊，皆古'蹲'字。"

④靖人，靖，细小。靖人，小人也。

译文

在波谷山附近，有个国叫大人国。大人国有大人市，是大人们集会的地方。这里的山形像堂室一样，所以又叫大人堂。有一个大人正蹲在山上，张开他的两只手臂。

有个小人国，人们称他们为靖人。

合虚山　中容国

原文

大荒之中，有山名曰合虚①，日月所出。

有中容之国。帝俊②生中容，中容人食兽、木实③，使四鸟：豹、虎、熊、罴。

注释

①合虚，一作"虚"。

②帝俊生中容，郭璞注："俊亦舜字，假借音也。"一说帝俊为颛顼。

③食兽、木实，郭璞注："此国中有赤木玄木，其华实美。"

译文

大荒当中，有座山叫做合虚山，太阳和月亮是从这里升起的。

有一个国家叫中容国。是帝俊的后裔。中容国的人吃野兽的肉、树上的果实，能驯化驱使四种野兽：豹、虎、熊、罴。

君子国　司幽国

原文

有东口之山。有君子之国，其人衣冠带剑①。

有司幽②之国。帝俊生晏龙③，晏龙生司幽。司幽生思士，不妻④；思女，不夫⑤。食黍，食兽，是使四鸟。

注 释

①"君子之国"两句，郭璞注："亦使虎豹，好谦让也。"

②司幽，郝懿行注："司幽一作思幽。"

③晏龙，郝懿行注："晏龙是为琴瑟，见《海内经》。"

④不妻，不娶妻。

⑤不夫，不嫁夫。

译 文

有东口山，山中有个君子国，这个国家的人穿衣戴帽，腰间佩带宝剑，文质彬彬，有君子的风度。

有个司幽国。帝俊生了晏龙，晏龙生了司幽，司幽生了思土，而思土没有娶妻生子；司幽还生了思女，而思女没有嫁丈夫。司幽国的人以小米为主食，也吃野兽肉，能驯化驱使四种野兽。

明星山　白民国

原 文

有大阿之山者。

大荒中有山名曰明星，日月所出。

有白民之国。帝俊生帝鸿①，帝鸿生白民，白民销姓，黍食，使四鸟：虎、豹、熊、罴。

注 释

①帝鸿，即黄帝。

译 文

有一座山叫做大阿山。

大荒当中有一座高山，叫做明星山，太阳和月亮是从这里升起的。

有个国家叫白民国。帝俊生了帝鸿，帝鸿的后代是白民，白民国的人姓销，以小米为食物，能驯化驱使四种野兽：老虎、豹子、熊、罴。

青丘国　柔仆民

原　文

有青丘之国，有狐，九尾①。

有柔仆民，是维嬴土之国②。

注　释

①有狐，九尾，郭璞注："太平则出而为瑞也。"郝懿行注："青丘国九尾狐，已见《海外东经》。"

②维嬴土之国，柔仆民所处的国家，土地肥沃丰饶。郭璞注："嬴犹沃衍也；音盈。嬴土之国，也即《大荒西经》之'沃之国'。"

译　文

有个青丘国。青丘国有一种狐狸，长着九条尾巴。

有一群人被称作柔仆民，他们是维嬴国的国民。

黑齿国

有黑齿之国①。帝俊生黑齿②，姜姓，黍食，使四鸟。

①黑齿之国，黑齿国已见《海外东经》。郭璞注："齿如漆也。"

②帝俊生黑齿，郭璞注："圣人神化无方，故其后世所降育多有殊类异状之人，诸言生者，多谓其苗裔，未必是亲所生。"

有个黑齿国。是帝俊的后代，姓姜，这个国家的人吃小米，能驯化驱使四种野兽。

天 吴

有夏州之国。有盖余之国。

有神人，八首人面，虎身十尾，名曰天吴①。

①天吴，郭璞注："水伯。"已见《海外东经》。

有夏州国。在夏州国附近又有一个盖余国。

有个神人，长着八颗头，人面，虎的身形，十条尾巴，名叫天吴。

鞠陵于天山

大荒之中，有山名曰鞠陵于天、东极、离瞀①，日月所出。名曰折丹②，东方曰折。来风曰俊，处东极以出入风③。

①鞠陵于天、东极、离瞀，郭璞注："三山名也。"

②名曰折丹，郭璞注："神人。"郝懿行注："'名曰折丹'，上疑脱'有神'二字。"

③处东极以出入风，折丹神处在大地的东极，管理风的出入。郭璞注："言此人能宣节风气，时其出入。"

在大荒当中，有三座高山分别叫做鞠陵于天山、东极山、离瞀山，都是太阳和月亮升起的地方。有个神人名叫折丹，东方人只叫他为折，来风称他为俊，他就处在大地的东极，主管风起风息。

玄股国

原文

有招摇山，融水出焉。有国曰玄股①，黍食，使四鸟。

注释

①玄股，郭璞注："自髀以下如漆。"玄股国已见《海外东经》。

译文

有座招摇山，融水从这座山流出。那里有个国家叫玄股国，这个国家的人吃五谷杂粮，能驯化驱使四种野兽。

有易杀王亥

原文

有困民国，勾姓而食①。有人曰王亥②，两手操鸟，方食其头。王亥托于有易、河伯仆牛③。有易杀王亥，取仆牛④。河念有易，有易潜出，为国于兽，方食之，名曰摇民。帝舜生戏，戏生摇民。

注释

①因民国，又作困民国。勾姓而食，姓勾，以黍为食。

②五亥，相传为殷国的国君。

③河伯，仆牛，郭璞注："河伯、仆牛，皆人姓名。"

④"有易"两句，意是有易国君恨王亥淫了他的妻子，于是杀了王亥，没收了他的牛羊(后来殷国新君上甲微兴率军报复，差点把有易族都给消灭了)。

有个国家叫困民国，这个国家的人姓匄，以五谷为食物。有个人叫王亥，他用两手抓着一只鸟，正在吃鸟头。王亥把一群肥牛寄养在有易、水神河伯那里。有易把王亥杀死，抢走了他的牛羊。有易被灭之后，河伯念念不忘有易，便帮助有易族人偷偷地逃出来，在有野兽的地方重新建立国家，得以生存，这个国家叫摇民国。还有一种说法认为帝舜生了戏，戏生了摇民。

女丑　大蟹

原文

海内有两人①，名曰女丑②。女丑有大蟹。

注释

①海内有两人，郭璞注："此乃有易所化者也。"郝懿行注："两人盖一为摇民，一为女丑。"

②女丑，即女丑之尸。见《海外西经》，女丑就是女巫。

译文

海内有两个神人，其中的一个名叫女丑。女丑旁边有一只大蟹。

孽摇頵羝山与汤谷扶木

原文

大荒之中，有山名曰孽摇頵羝①，上有扶木②，柱三百里，其叶如芥③。有谷曰温源谷④。汤谷上有扶木⑤。一日方至，一日方出，皆载于乌⑥。

注 释

①孽摇頵羝，古山名。

②扶木，即扶桑树。

③其叶如芥，郭璞注："柱犹起高也。叶似芥菜。"

④温源谷，郭璞注："温源即汤谷也。"

⑤汤谷上有扶木，汤谷上长了棵扶桑树。郭璞注："扶桑在上。"

⑥乌，郭璞注："中有三只乌。"

译 文

在大荒当中，有座山名叫孽摇頵羝。山上有棵扶桑树，高达三百里，叶子的形状像芥菜叶。有道山谷叫做温源谷。也叫汤谷，汤谷上也长了棵扶桑树，一个太阳刚刚下山，另一个太阳正升起，都是由三足乌驮着。

奢比尸

原 文

有神，人面、犬耳、兽身，珥两青蛇，名曰奢比尸①。

注 释

①奢比尸，奢比之尸，已见《海外东经》。

译 文

有一个神人，长着人的面孔、大大的耳朵像狗耳朵、野兽的身形，耳朵上穿挂着两条青色的蛇，这神名叫奢比尸。

五采鸟相乡弃沙

有五采之鸟①，相乡②弃沙③。惟帝俊下友。帝下两坛，采鸟是司④。

①有五采之鸟，意即有一群五彩羽毛的鸟。《大荒西经》："有五采鸟三名，一曰皇鸟，一曰鸾鸟，一曰凤鸟。"

②相乡，即相向。成双成对之意。

③弃沙，意同"婆娑"，盘旋，翩翩起舞之状。

④"帝下"两句，帝俊在下界的两座祠坛，就是由这些五采鸟在管理着的。郭璞注："言山下有舜二坛。五采鸟主之。"

有一群长着五彩羽毛的鸟，相对着起舞，天帝帝俊从天上下来和它们交友。帝俊在下界的两座祭坛，由这群五彩鸟掌管着。

壑明俊疾山

东荒之中，有山名曰壑明俊疾，日月所出。有中容之国①。

①中容之国，郝懿行注："中容之国，已见上文。诸文重复杂沓，盖作者非一人，书成非一家故也。"

在东荒当中，有座山名叫壑明俊疾山，是太阳和月亮升起的地方。

这里还有个中容国。

三青马　三骓

原文

东北海外，又有三青马、三骓①、甘华。爰②有遗玉、三青鸟③、三骓、视肉、甘华、甘柤，百谷所在。

注释

①三骓，郝懿行注："三骓，详《大荒南经》。"骓，指毛色苍白而有杂色的马。

②爰，于是，还。

③三青鸟，郝懿行注："三青鸟，详《大荒西经》。"

译文

东北海外，又有三青马、三骓马、甘华树。这里还有千年玉石、三青鸟、三骓马、视肉怪兽、甘华树、甘柤树。是五谷生长繁茂的地方。

应龙杀蚩尤与夸父

原文

大荒东北隅中，有山名曰凶犁土丘。应龙①处南极，杀蚩尤②与夸父，不得复上③，故下数旱④，旱而为应龙之状，乃得大雨。

注释

①应龙，郭璞注："龙有翼者也。"

②蚩尤，郭璞注："作兵者。"

③不得复上，郭璞注："应龙遂住地下。"

④故下数旱，郭璞注："上无复作雨者故也。"

⑤"旱而"两句，意即遇到旱灾之时，人们便就装扮成应龙的样子求雨，就能得到大雨。郭璞注："今之士龙本此。气应自然冥感，非人所能为也。"

译 文

在大荒的东北角上，有一座山名叫凶犁土丘山。应龙就住在这座山的最南端，因杀了神人蚩尤和神人夸父，不能再回到天上，因此天下频遭旱灾。一遇天旱人们就装扮成应龙的样子求雨，就能得到大雨。

东海夔牛

原 文

东海中有流波山，入海七千里。其上有兽，状如牛，苍身而无角，一足，出入水则必风雨，其光如日月，其声如雷，其名曰夔。黄帝得之，以其皮为鼓，橛①以雷兽②之骨，声闻五百里，以威天下。

注 释

①橛，敲击。

②雷兽，即雷神。郭璞注："雷兽即雷神也，人面龙身，鼓其腹者。橛犹击也。"

译 文

东海中有座流波山，这座山在距离东海七千里的地方。山上有一种野兽，形状像牛，是青苍色的身子但没有犄角，仅有一条腿，出入海水时就一定会刮大风下大雨，它发出的亮光如同太阳和月亮，它吼叫的声音如同雷响，这种兽名叫夔。黄帝得到它，用它的皮制成鼓，用雷兽的骨头敲打这鼓，响声传到五百里以外，作战时便以此来增长士气，威震群敌。

黑水玄蛇

原 文

有荣山，荣水出焉。黑水之南，有玄蛇，食麈①。

注 释

①麈：指一种似骆驼的鹿类动物，又叫"驼鹿"，尾巴可做拂尘。

译 文

那里有座山，名叫荣山，荣水就发源于这座山。黑水的南岸有一条黑色巨蛇，喜爱吃麈。

巫山黄鸟

原 文

有巫山者，西有黄鸟①。帝药，八斋。黄鸟于巫山，司此玄蛇。

注 释

①黄鸟：黄，通"皇"。黄鸟即皇鸟，传说中的雌凤。

译 文

那里有座山，名叫巫山，巫山的西麓有黄鸟。帝药、八斋等天帝和神仙所用的长生不老药都在这里。黄鸟总是待在巫山上，因为它要看管黑水河南岸那条黑色巨蛇。

三身国

大荒之中，有不庭之山，荣水穷焉。有人三身，帝俊妻娥皇①，生此三身之国，姚姓，黍食，使四鸟。有渊四方，四隅皆达，北属②黑水，南属大荒。北旁名曰少和之渊，南旁名曰从渊，舜之所浴也。

①娥皇：相传为尧女，舜妻。

②属：连通，连接。

大荒中有座不庭山，这座山是荣水的尽头。山上有一个国家，名叫三身国。其国民都是长着三个身子的人，那是帝俊和娥皇的后代，都姓姚，以黍为

主食，善于驱使虎、豹、熊、罴四种兽。那里还有个深渊，四四方方的，四角都能旁通，其中北边通黑水，南边连大荒；北边有个少和渊，南边有个从渊，是舜沐浴的地方。

季禺国、羽民国、卵民国

又有成山，甘水穷焉。有季禺之国，颛顼之子，食黍。有羽民之国，其民皆生毛羽。有卵民之国，其民皆生卵。

译文

大荒中还有座成山，甘水的尽头就是这里。这里有三个国家，分别是：季禺国，季禺国的国民是颛顼的后代，以黍为主食；羽民国，国民都长着羽毛；卵民国，国民都是卵生的。

不姜山

原文

大荒之中，有不姜之山，黑水穷焉。又有贾山，汽水出焉。又有言山。又有登备之山。有恝恝之山。又有蒲山，澧水出焉。又有隗山，其西有丹，其东有玉。又南有山，漂水出焉。有尾山。有翠山。

译文

大荒中有座山，名叫不姜山，那里是黑水的尽头。那里还有座贾山，汽水就发源于这座山。那里还有言山、登备山、恝恝山、蒲山，蒲山是澧水的发源地。那里还有座山，名叫隗山，山的西麓有很多丹臒，东麓有很多玉石。南边还有座山，是漂水的发源地。尾山、翠山也在这里。

盈民国

原文

有盈民之国，于姓，黍食。又有人方食木叶。

译文

大荒中有个盈民国，国民都姓于，主食是黍，还有人吃树叶。

少年读山海经

不死国

有不死之国，阿姓，甘木①是食。

①甘木：传说中的不死树。

大荒中有个不死国，国民都姓阿，主要吃不死树。

去痓山

大荒之中，有山名曰去痓。南极果，北不成，去痓果。

译文

大荒中有座山，名叫去痓山。"南极果，北不成，去痓果。"这是巫师们在这里留传下的几句咒语。

不廷胡余

原文

南海渚中，有神，人面，珥两青蛇，践两赤蛇，曰不廷胡余。

南海有一个沙洲。沙洲上住着一尊神，名叫不廷胡余。他的面孔似人，两耳垂上各穿有一条青蛇，两脚下各踩着一条赤蛇。

116

因因乎

原文

有神名曰因因乎，南方曰因乎，夸风曰乎民，处南极以出入风。

译文

这里有尊神，名叫因因乎，南方人叫他因乎，南极风口处的人叫他乎民，他住在南极主管南风的出入。

季釐国

原文

有襄山。又有重阴之山。有人食兽，曰季釐。帝俊生季釐，故曰季釐之国。有缗渊。少昊生倍伐，倍伐降①处缗渊。有水四方，名曰俊坛。

注释

①降：贬谪、贬抑。

译文

那里还有两座山，一座叫襄山，还有一座叫重阴山。重阴山上有个人，以吃野兽为生，他是帝俊的儿子，所以叫季釐国。那里还有个大渊，名叫缗渊，倍伐当初就被天帝贬谪到这里。倍伐是少昊的儿子，那里还有个正方形的水坛，名叫俊坛。

载民国

原文

有载民之国。帝舜生无淫，降载处，是谓巫载民。巫载民盼姓，

117

食谷，不绩不经^①，服也；不稼不穑^②，食也。爰歌舞之鸟，鸾鸟自歌，凤鸟自舞。爰有百兽，相群爰处。百谷所聚。

注释

①绩：缉线，把麻纤维披开接续起来搓成线。经：织布的纵线叫"经"，这里泛指织布。

②稼：种植五谷。穑：收获谷物。

译文

那里有个国家，名叫载民国。当初帝舜的儿子无淫被天帝贬谪到这里，其繁衍的子孙便成为这个国家的国民，又被称作巫载民。巫载民都姓盼，以五谷为食。这里的人不用纺织便自然有布帛穿，也不用种植便自然有五谷吃。这里还有能歌善舞的鸟，鸾鸟歌，凤鸟舞；各种野兽和睦相处。这里谷类生长旺盛，各种谷类都有。

融天山

原文

大荒之中，有山名曰融天，海水南入焉。

译文

大荒中有座山名叫融天山，是海水的南入口。

羿杀凿齿

原文

有人曰凿齿，羿杀之。

译文

大荒中有个人名叫凿齿，后来在战场上被后羿射死。

蜮民国

原文

有蜮山者，有蜮民之国，桑姓，食黍，射蜮①是食。有人方扞②弓射黄蛇，名曰蜮人。

注释

①蜮：传说中一种能含沙射人的动物。

②扞：拉，张。

译文

大荒山有座蜮山，还有个蜮民国，国人都姓桑，以黍为主食，以射蜮为生计，有人正弯弓射黄蛇，被称为蜮人。

宋山枫木

原文

有宋山者，有赤蛇，名曰育蛇。有木生山上，名曰枫木①。枫木，蚩尤所弃其桎梏②，是为枫木。

注释

①枫木：传说中黄帝械杀蚩尤后掷弃其桎梏所化的枫香树。枫香树为落叶大乔木，通称枫树。秋叶艳红，因有脂而香，故称。

②桎梏：刑具，脚镣手铐。

译　文

大荒中有一座宋山，山上有一种红色的蛇，名叫育蛇。这座山上还生长着一种树，名叫枫树，这种树相传是蚩尤所戴的刑具化成的。

祖状尸

原　文

有人方齿虎尾，名曰祖状之尸①。

注　释

①祖状之尸：古代传说中的人物名。

译　文

大荒中有个人，牙齿四四方方的，还长着一根老虎尾巴，这就是祖状尸。

焦侥国

原　文

有小人，名曰焦侥之国，几姓，嘉谷①是食。

注　释

①嘉谷：古以粟为嘉谷，后为五谷的总称。

译　文

大荒中有一个矮人国，名叫焦侥国，这个国家的人民都姓几，以优质五谷为主食。

有国曰颛顼

原 文

有国曰颛顼，生伯服，食黍。有鼬姓之国。有苕山。又有宗山。又有姓山。又有壑山。又有陈州山，又有东州山。又有白水山，白水出焉，而生白渊①，昆吾②之师所治也。

注 释

①生：产生、形成。白渊：神话中的渊名。

②昆吾：夏商之间部落名，己姓，初封于濮阳，迁于旧许，后为商汤所灭。

译 文

大荒中有个国家，名叫颛顼国，伯服是颛顼的后裔，国民主要吃黍。那里还有个鼬姓国，国中多山，有苕山、宗山、姓山、壑山、陈州山、东州山、白水山。白水山是白水的发源地，白水流下山后便积成水渊，名叫白渊，白渊便是昆吾部落将士驻扎的地方。

张宏国

原 文

有人名曰张宏，在海上捕鱼。海中有张宏之国，食鱼，使四鸟。

译 文

有人名叫张宏，常常在南海上捕鱼。那里有个国家，名叫张宏国，这个国家的百姓都以鱼为主食，还擅长驱使虎、豹、熊、罴。

驩头

有人焉，鸟喙，有翼，方捕鱼于海。大荒①之中，有人名曰驩头。鲧妻士敬，士敬子曰炎融，生驩头。驩头人面鸟喙，有翼，食海中鱼，杖②翼而行。维宜芑苣穆③杨是食。有驩头之国。

注释

①大荒：荒远的地方，边远地区。

②杖：凭倚、凭借。

③苣：苣荬菜，野生苣荬菜叶子互生，边缘有不整齐的锯齿，花黄色，嫩苗可供食用。穆：一种后种先熟的谷类。

译文

有个人，长着鸟的嘴，有翅膀，正在海中捕鱼。大荒之中，有人叫驩头。鲧的妻子是士敬，士敬的儿子是炎融，炎融生驩头。驩头人面鸟嘴有翅膀，吃海里的鱼，手持拐杖走路。他以芑、苣、穆、杨为食物。后来有驩头国。

羲和生日

原文

东南海之外，甘水之间，有羲和之国，有女子名曰羲和①，方日浴于甘渊。羲和者，帝俊之妻，生十日。

注释

①羲和：古代神话传说中的人物，太阳的母亲。

译文

东海外的大荒中与甘水间有个国家，名叫羲和国，这里有个女人名叫羲和，正在甘渊中为太阳们洗澡。羲和是帝俊的妻子，是十个太阳的母亲。

盖犹山

有盖犹之山者，其上有甘柤，枝干皆赤，黄叶，白华，黑实。东又有甘华，枝干皆赤，黄叶。有青马，有赤马，名曰三骓。有视肉。

大荒中有座山名叫盖犹山，盖犹山的山顶有一种树，名叫甘柤，这种树的树干是红色的，树叶是黄色的，开着白色的花，结的果实是黑色的。盖犹山的东麓生长有一种名叫甘华的树，这种树的树干是红色的，树叶是黄色的。盖犹山上还有很多青色马和红色马，红色的马名叫三骓。山上还有视肉。

小人菌人

有小人，名曰菌人。

大荒中有一群侏儒，被人们称作菌人。

南类山

有南类之山。爰有遗玉、青马、三骓、视肉、甘华。百谷所在。

大荒中有座山，名叫南类山。这座山上有遗玉、青马、三骓马、视肉和甘华树，天下任何谷类植物这里都有。

123

大荒西经

不周负子山

原文

　　西北海之外，大荒之隅，有山而不合①，名曰不周负子，有两黄兽守之。有水曰寒暑之水，水西有湿山，水东有幕山。有禹攻共工国山。

注释

　　①有山而不合，意思是有座山断裂了合不拢。

译文

　　在西北海之外，大荒的一角落，有座山断裂而合不拢，名叫不周山，有两只黄色的野兽守护着它。那里有一条水流名叫寒暑水。水的西面有座湿山，水的东面有座幕山。还有一座禹攻共工国山。

淑士国　女娲之肠

原文

　　有国名曰淑士，颛顼之子①。

　　有神十人，名曰女娲之肠②，化为神，处栗广之野，横道而处③。

注 释

①"有国"两句，郭璞注："言亦出自高阳氏也。"

②女娲之肠，郭璞注："或作'女娲之腹'。女娲，古神女而帝者，人面蛇身，一日中七十变，其腹化为此神，栗广，野名。"

③横道而处，郭璞注："言断道也。"

译 文

有个国家名叫淑士国，是帝颛顼的后裔。

有十个神人，名叫女娲肠，他们是女娲的肠子变化而成的，他们在一片栗广的原野上生活；而且他们就在大路当中断道而居住。

石夷　狂鸟　白氏国　长胫国

原 文

有人名曰石夷，来风曰韦，处西北隅以司日月之长短①。有五采之鸟，有冠，名曰狂鸟②。

有大泽之长山，有白氏之国③。

西北海之外，赤水之东，有长胫之国④。

注 释

①"处西"句，郭璞注："言察日月晷度之节。"

②狂鸟，郭璞注："《尔雅》云：'狂，梦鸟'。即此也。"

③白氏之国，一作白氏之民。

④长胫之国，郭璞注："脚长三丈。"郝懿行注："长胫即长股也，见《海外西经》。"

译 文

有位神人名叫石夷，其所来之风叫韦，石夷住在西北角，掌管太阳和月亮升起落下的时间长短。有一种长着五彩羽毛的鸟，这种鸟头上有冠，名叫狂鸟。

有一座大泽长山，那里有个白氏国。

在西北海之外，赤水的东面，有个长胫国。

西周国

原文

有西周之国，姬姓，食谷。有人方耕，名曰叔均。帝俊生后稷[1]，稷降以百谷。稷之弟曰台玺，生叔均。叔均[2]是代其父及稷播百谷，始作耕。有赤国妻氏[3]。有双山。

注释

[1]帝俊生后稷，郭璞注："俊宜为喾，喾第二妃生后稷也。"

[2]"叔均"，意即叔均代替父亲和后稷播种各种谷物，开始创造耕田的方法。《海内经》："后稷是播百谷，稷之孙曰叔均，是始作牛耕。"

[3]赤国妻氏，郝懿行注疑"赤国妻氏"为《海内经》中之"大比赤阴"；"大比赤阴"是地名。一疑二者俱为人名。

译文

有个西周国，国民姓姬，以五谷为食。有个人正在耕田，名叫叔均。帝俊生了后稷，后稷把各种谷物的种子从天上带到人间。后稷的弟弟叫台玺，台玺生了叔均。叔均代替父亲和后稷播种各种谷物，开始创造耕田的方法。西周国还有个赤国妻氏。西周国还有座双山。

柜格松　先民国

原文

西海之外，大荒之中，有方山者，上有青树[1]，名曰柜格之松[2]，日月所出入也。

西北海之外，赤水之西，有先民之国，食谷，使四鸟。

①青树，或作青松。

②柜格之松，郭璞注："木名，'柜'音矩。"

在西海之外，大荒之中，有座山叫方山，山上有棵青色大树。名叫柜格松，是太阳和月亮出入的地方。

在西北海之外，赤水的西岸，有个先民国。这里的人吃的是五谷，能驯化驱使四种野兽。

北狄国

有北狄之国。黄帝之孙曰始均，始均生北狄。

有芒山。有桂山。有榣山，其上有人，号曰太子长琴。颛顼生老童①，老童生祝融②，祝融生太子长琴，是处榣山，始作乐风③。

①颛顼生老童，郝懿行注："老童亦为神，居騩山，已见《西次三经》。"

②祝融，郭璞注："即重黎也，高辛氏火正，号曰祝融也。"《海内经》中祝融乃炎帝之裔，此言颛顼之孙，则祝融又为黄帝之裔；传闻又同所致。

③始作乐风，郭璞注："创制乐风曲也。"

有个北狄国。黄帝的孙子叫始均，始均的后代子孙，就是北狄国人。

北狄国附近有座芒山。还有桂山。有榣山，山上有一个人，号称太子长琴。颛顼生了老童，老童生了祝融，祝融生了太子长琴，于是太子长琴住在榣山上，自从太子长琴开始作乐曲，人间才有了音乐。

五采鸟三名　有虫状如菟

原文

有五采鸟三名：一曰皇①鸟，一曰鸾鸟，一曰凤鸟。

有虫②状如菟，胸以后者裸不见，青如猨状。

注释

①皇，同凰。

②虫，指兽，古代鸟兽都可以称作虫。

译文

有种长着五彩羽毛的鸟，它有三个名字：一叫凰鸟，一叫鸾鸟，一叫凤鸟。

有一种野兽的形状像兔子，身上长满毛，胸脯以后看不见裸露的地方，它的皮毛是青色的，就像猿的样子。

丰沮玉门山　灵山十巫

原文

大荒之中，有山名曰丰沮玉门，日月所入。

有灵山，巫咸、巫即、巫盼、巫彭、巫姑、巫真、巫礼、巫抵、巫谢、巫罗十巫，从此升降，百药爰在。

译文

在大荒之中，有座山名叫丰沮玉门山，是太阳和月亮降落的地方。

有座灵山，巫咸、巫即、巫盼、巫彭、巫姑、巫真、巫礼、巫抵、巫谢、巫罗共十巫都来这座山上采药，山中百药俱生。

沃民沃野

原文

西有①王母之山、壑山、海山。有沃之国②，沃民是处。沃之野，凤鸟之卵是食，甘露是饮。凡其所欲，其味尽存。爰有甘华、甘柤、白柳、视肉、三骓、璇瑰、瑶碧、白木③、琅玕、白丹、青丹，多银、铁。鸾鸟自歌，凤鸟自舞，爰有百兽，相群是处，是谓沃之野。

注释

①"西有"句，郭璞注："皆群大灵之山。""西有"当为"有西"。

②沃之国，郭璞注："言其土饶沃也。"

③白木，郭璞注："树色正白。今南方有文木，亦黑木也。"

译文

有座西王母山。壑山、海山在其附近。有个沃民国，沃民便居住在这里。生活在沃野的人，吃的是凤鸟产的蛋，喝的是天降的甘露。凡是他们心里想要的美味，这里都有。这里还有甘华树、甘柤树、白柳树，视肉、三骓马、璇玉瑰石、瑶玉碧玉、白木树、琅玕树、白丹、青丹，多出产银、铁。鸾鸟自由自在地歌唱，凤鸟自由自在地舞蹈，还有百兽，群居相处，这就是物产丰富的沃野。

三青鸟　轩辕台　龙山

原文

有三青鸟①，赤首黑目，一名曰大鹭，一名曰少鹭②，一名曰青鸟。

有轩辕之台，射者不敢西向射，畏轩辕之台③。

大荒之中，有龙山，日月所入。

有三泽水，名曰三淖，昆吾之所食也。

注释

①三青鸟，郝懿行注："三青鸟为西王母取食，见《海内北经》。"

②鹭，古鸟名。

③轩辕之台，同轩辕之丘，见《海外西经》。

译文

有三只青色的神鸟，红色的头，黑色的眼，一只叫大鹭，一只叫少鹭，一只叫青鸟。

有座轩辕台，射箭的人都不敢向西射，因为敬畏轩辕台上黄帝的神灵。

大荒之中，有座龙山，是太阳和月亮降落的地方。

有三个水泽汇成一体，名叫三淖，是昆吾族人取得食物的地方。

弇州山鸣鸟　轩辕国　西海神弇兹

原文

有弇州之山，五采之鸟仰天①，名曰鸣鸟。爰有百乐歌儛之风②。

有轩辕之国③。江山④之南栖为吉。不寿⑤者乃八百岁。

西海⑥陼中，有神人面鸟身，珥两青蛇，践两赤蛇，名曰弇兹。

①仰天，仰头向天。郭璞注："张口嘘天。"

②"爰有"句，郭璞注："爰有百种伎乐歌儛风曲。"

③轩辕之国，郭璞注："其人人面蛇身。"已见《海外西经》。

④"江山"句，意即轩辕国的人都喜欢栖息在江山的南边以得到吉祥。郭璞注："即穷山之际也。山居为栖。吉者，言无凶夭。"

⑤"不寿"句，郭璞注："寿者数千岁。"

⑥"西海"六句，西海的岛屿上，有一个神人，长着人的脸，鸟的身子，耳朵上穿挂着两条青蛇，脚底下踩踏着两条红蛇，名叫弇兹。陼，郝懿行注："《尔雅》云：'小洲曰陼。'陼同渚。"弇兹，郝懿行注："此神形状，全似北方神禺强，唯彼作践两青为异，见《海外北经》。"

译 文

有座弇州山，山上有一种长着五彩羽毛的鸟，正仰天鸣叫，这种鸟叫鸣鸟。据说那儿有能歌善舞之风，有上百种伎乐歌舞之曲。

有个轩辕国。这里的人把居住在江河山岭的南边当作是吉利的事，就是寿命不长的人也能活到八百岁。

西海的岛屿上，有一个神人，长着人的脸，鸟的身子，耳朵上穿挂着两条青蛇，脚底下踩踏着两条红蛇，名叫弇兹。

日月山颛顼令重黎绝地天通

原 文

大荒之中，有山名曰日月山，天枢也。吴姖天门，日月所入。有神，人面无臂，两足反属于头山①，名曰嘘。颛顼生老童，老童生重及黎②，帝令重献③上天，令黎邛④下地，下地是生噎⑤，处于西极，以行日月星辰之行次⑥。

①山，郝懿行注："'山'当为'上'字之讹。"

②重，传说中掌管天上事物的官员南正。黎，传说中掌管地下人类的官员火正。

③献，上举。

④邛，与"献"相对为文，姑且以"下压"释之。

⑤下地是生噎，郝懿行注："此语难晓。"

⑥行次，运行次序。

译 文

大荒之中，有座山名叫日月山，这是天门的枢纽。这座山的主峰叫吴姖天门山，是太阳和月亮降落的地方。有一个神人，形状像人而没有臂膀，两脚朝天，头朝地，名叫嘘。帝颛顼生了老童，老童生了重和黎，帝颛顼命令重托着天用力往上举，又命令黎撑着地使劲朝下按。于是黎来到地下并生了噎，他就处在大地的最西端，主管着太阳、月亮和星辰运行的先后次序。

天虞　常羲浴月

原 文

有人反臂①，名曰天虞②。

有女子方浴月。帝俊妻常羲，生月十有二，此始浴之。

注 释

①反臂，即两只胳膊反转过来朝后生。

②天虞，郭璞注："即尸虞也。"郝懿行注："尸虞未见所出，据郭注当有成文经，疑在经内，今逸。"

译 文

有个神人双臂反着长，名叫天虞。

有个女子正在替月亮洗澡。帝俊的妻子常羲生了十二个月亮，这位给月亮洗澡女子便是常羲。

鏖鏊钜山　屏蓬

原　文

大荒之中有山，名曰鏖鏊钜①，日月所入者。

有兽，左右有首，名曰屏蓬②。

注　释

①鏖鏊钜：山名。

②屏蓬，郭璞注："即并封也，语有轻重耳。并封已见《海外西经》。"

译　文

大荒之中，有座山名叫鏖鏊钜山，是太阳和月亮降落的地方。

有一种野兽，左边和右边各长着一个头，名叫屏蓬。

黄姬尸　比翼鸟　天犬

原　文

有巫山①者。有壑山者。有金门之山，有人名曰黄姬之尸。有比翼之鸟②。有白鸟青翼，黄尾，玄喙。有赤犬，名曰③天犬，其所下者有兵。

注　释

①巫山，已见《大荒南经》。

②比翼之鸟，已见《海外南经》。

③"名曰"二句，郝懿行注："赤犬名天犬，此自兽名，亦如《西

次三经》阴山有兽名天狗耳。"

译 文

　　有座山叫巫山。还有壑山。还有金门山，山上有个黄姫尸。山中还有比翼鸟。有一种白鸟，长着青色的翅膀，黄色的尾巴，黑色的嘴壳，不知它叫什么名字。有一种红色的狗，名叫天犬，天犬到哪里，哪里就会发生战乱。

昆仑西王母

原 文

　　西海之南，流沙之滨，赤水之后，黑水之前，有大山，名曰昆仑之丘①。有神②人面虎身，有文有尾，皆白。处之。其下③有弱水之渊环之，其外有炎火之山，投物辄然。有人，戴胜④，虎齿，有豹尾，穴处，名曰西王母。此山万物尽有。

注 释

　　①昆仑之丘，已见《西次三经》、《海内西经》。

　　②"有神"五句，有文有尾，一作"文虎"。皆白。《西次三经》："昆仑之丘，是实惟帝之下都，神陆吾司之。其神状虎身而九尾，人面而虎爪。是神也，司天之九部，及帝之囿时。"

　　③"其下"三句，弱水之渊，郭璞注："其水不胜鸿毛。"已见《海内西经》。炎火之山，郭璞注："今去扶南东万里，有耆薄国，东复五千里许，有火山国，其山虽霖雨，火常燃。火中有白鼠，时

出山边求食，人捕得之，以毛作布，今之火浣布是也。即此山之类。"

④戴胜，头上戴着玉胜。

译文

在西海的南面，流沙的边沿，赤水的后面，黑水的前面，屹立着一座大山，就是昆仑山。有一个神人，长着人的面孔、老虎的身子，尾巴有花纹，而尾巴上有许多白色斑点，这个神就住在昆仑山上。昆仑山的周围，被弱水汇聚的深渊环绕着。深渊的外边有座炎火山，一投进东西就会燃烧起来。山上有个神人，头上戴着玉制首饰，满口的老虎牙齿，有一条豹子似的尾巴，住在洞穴中，名叫西王母。这座山中世间万物应有尽有。

常阳山　女祭　女薎

原文

大荒之中，有山名曰常阳之山。日月所入。

有寒荒之国。有二人女祭、女薎①。

注释

①女祭、女薎，即《海外西经》之女祭、女戚，均为祀神的女巫。

译文

大荒之中，有座山名叫常阳山，常阳山是太阳和月亮降落的地方。有个寒荒国。有两个女神，女祭和女薎。

寿麻国　夏耕尸

原文

有寿麻之国。南岳娶州山女，名曰女虔。女虔生季格，季格生寿麻。寿麻正立无景，疾呼无响。爰有大暑，不可以往。

有人无首，操戈盾立，名曰夏耕之尸①。故成汤伐夏桀于章山，克之，斩耕厥前②。耕既立，无首，走厥咎③，乃降于巫山。

注　释

①夏耕之尸，郭璞注："亦形（刑）天尸之类。"

②厥，句中助词，相当于"之"。

③走厥咎，郭璞注："逃避罪也。"

译　文

有个国家叫寿麻国。南岳娶了州山的女儿为妻，她的名字叫女虔。女虔生了季格，季格生了寿麻。寿麻端端正正站在太阳下不见任何影子，高声疾呼而四面八方没有一点回响。据说寿麻国异常炎热，人们不可以到那里去。

有个人没有首级，手操着盾戈立在山上，他名叫夏耕尸。从前成汤在章山讨伐夏桀，打败了夏桀，成汤斩杀夏耕尸的头。夏耕尸被杀之后没有倒下，为了逃跑便来到了巫山。

吴回　盖山国　一臂民　大荒山

原　文

有人名曰吴回①，奇②左，是无右臂。

有盖山之国。有树，赤皮支干青叶，名曰朱木③。

有一臂民④。

大荒之中，有山名曰大荒之山，日月所入。

注　释

①吴回，火神祝融。也有说是祝融的弟弟，亦为火正之官。

②奇，单数。

③朱木，郝懿行注："朱木已见《大荒南经》。"

④一臂民，郝懿行注："一臂民已见《海外西经》。"

有个人名叫吴回，只剩下左臂，而没了右臂。

有个盖山国。这个国家有一种树，树皮树枝树干都是红色的。叶子是青色的，名叫朱木。

有一种只长一只胳膊的人称一臂民。

大荒之中，有一座山，名叫大荒山，是太阳和月亮降落的地方。

三面一臂人　夏后开

原 文

有人焉三面，是颛顼之子，三面一臂，三面之人不死。是谓大荒之野。

西南海之外，赤水之南，流沙之西，有人珥两青蛇，乘两龙，名曰夏后开①。开上三嫔于天②，得《九辩》与《九歌》以下。此天穆之野，高二千仞，开焉得始歌《九招》。

注 释

①夏后开，即夏后启，汉人避讳景帝刘启，改启为开。

②三嫔，指三度宾于天帝。"嫔"通"宾"，为客之意。

译 文

这里有一种人，头上的前边及左右各长着一张脸，却只有一只胳膊，他们是颛顼的子孙后代，三张脸一只胳膊，这种三面一臂人能长生不老，生活在大荒野中。

在西南海之外，赤水的南岸，流沙的西面，有个人耳朵上穿挂着两条青蛇，乘着两条龙，这人名叫夏后开。夏后开进献三个美女给天帝，得到天帝的乐曲《九辩》和《九歌》后下降到人间。夏后开就在天穆之野，高达二千仞，从夏后启开始，人间才得到天上的《九招》乐曲。

互人国　鱼妇颛顼

原文

有互人之国①。炎帝②之孙名曰灵恝，灵恝生互人，是能上下于天③。

有鱼偏枯④，名曰鱼妇，颛顼死即复苏⑤。风道⑥北来，天乃大水泉，蛇乃化为鱼，是为鱼妇。颛顼死即复苏。

注释

①互人之国，也即"氐人国"。

②炎帝，郭璞注："炎帝，神农。"

③上下于天，郭璞注："言能乘云雨也。"

④偏枯，半身不遂之意。

⑤颛顼死即复苏，郭璞注："言其人能变化也。"

⑥道，从。

译文

有个互人国。炎帝的孙子名叫灵恝，灵恝的后代是互人，互人国的人都能乘云驾雾。

有一条干枯的鱼，名叫鱼妇，是帝颛顼死后变成的。风从北方吹来，天于是涌出大水如泉，蛇于是变化成为鱼，这便是所谓的鱼妇。它是颛顼死后的化身。

大荒北经

胡不与国

有胡不与之国，烈姓，黍食。

那里有个国家，名叫胡不与国，胡不与国的国民都姓烈，以黍为食。

肃慎国

大荒之中，有山名曰不咸，有肃慎氏之国。有蜚蛭①，四翼。有虫，兽首蛇身，名曰琴虫②。

①蜚蛭：神话中的一种有四翼的虫。"蜚"通"飞"。蛭：环节动物。

②琴虫：传说中的怪蛇。

东北海外的大荒中有座山，

名叫不咸山，不咸山上有个肃慎族人建立的国家。不咸山上有种兽，名叫蜚蛭，长有四只翅膀。山上还有种蛇，身形似蛇，脑袋却似兽，名叫琴虫。

大人国

有人名曰大人。有大人之国，釐姓，黍食。有大青蛇，黄头，食麈。

那里还有个国家，名叫大人国。因这个国家的人身材特别高大，人们称他们为大人，这些大人都姓釐，以黍为主食。大人国里有种青色的巨蛇，脑袋是黄色的，以吃大鹿为生。

鲧攻程州山

有榆山。有鲧攻程州之山。

大荒中还有两座山：榆山和鲧攻程州山。

先民山槃木

大荒之中，有山名曰衡天。有先民之山。有槃木千里。

大荒中有座山，名叫衡天山。还有一座先民山，山上有种树，名叫槃木，树干有千里。

叔歜国

有叔歜国，颛顼之子，黍食，使四鸟：虎、豹、熊、罴。有黑虫如熊状，名曰猎猎。

那里还有个叔歜国，叔歜是颛顼的儿子，这个国家的国民都以黍为主食，擅长驱使虎、豹、熊、罴四种野兽。这里还有一种黑色的野兽，有些像熊，名叫猎猎。

北齐国

有北齐之国，姜姓，使虎、豹、熊、罴。

那里还有个北齐国，国民都姓姜，善于驱使虎、豹、熊、罴四种野兽。

先槛大逢山、禹所积石山

大荒之中，有山名曰先槛大逢之山，河济所入，海北注焉。其西有山，名曰禹所积石。

大荒中有座山，名叫先槛大逢山，黄河和济水经过大海最终流入此山中，海水也向北注入这座山中。这座山的西边还有座山，名叫禹所积石山。

始州国

有阳山者。有顺山者，顺水出焉。有始州之国，有丹山。

译 文

大荒中还有一座阳山。旁边有一座顺山，是顺水的发源地。附近还有个国家，名叫始州国，始州国里有座丹山。

大 泽

有大泽^①方千里，群鸟所解。

注 释

①大泽：大湖沼，大薮泽。

译 文

那里有个大泽，方圆千里，是群鸟脱换羽毛的地方。

毛民国

原 文

有毛民之国，依姓，食黍，使四鸟。禹生均国，均国生役采，役采生修鞈，修鞈杀绰人。帝念之，潜为之国，是此毛民。

译文

有个毛民国，这里的人都姓依，主食是黍，擅长驱使虎、豹、熊、罴四种野兽。当初禹生了均国，均国生了役采，役采生了修鞈，修鞈后来杀了绰人。天帝因怜恤绰人，所以暗中帮助绰人的后人建起了国家，这就是毛民国。

儋耳国

原文

有儋耳之国，任姓，禹号子，食谷。北海之渚中，有神，人面鸟身，珥两青蛇，践两赤蛇，名曰禺强。

译文

大荒中有个儋耳国，儋耳国的人都姓任，是禹号的后人，以谷为主食。北海中的一个小沙洲上有尊神，面孔似人，身似鸟，两耳垂上各穿着一条青蛇，两脚各踩着一条红蛇，这尊神名叫禺强。

北极天柜山

原文

大荒之中，有山名曰北极天柜，海水北注焉。有神，九首人面鸟身，名曰九凤。又有神衔蛇操蛇，其状虎首人身，四蹄长肘，名曰强良。

译文

大荒中有座山，名叫北极天柜山，海水向北注入这座山的山洞里。这座山上有尊神，鸟身人脸，共长有九个脑袋，这就是九凤。山上还有尊神，口中衔着蛇，手里握着蛇，身形似人，脑袋似虎，长着四个蹄子，小手臂很长，名叫强良。

夸父追日

原文

大荒之中，有山名曰成都载天。有人珥两黄蛇，把两黄蛇，名曰夸父。后土生信，信生夸父。夸父不量力，欲追日景，逮之于禹谷。将饮河而不足也，将走大泽，未至，死于此。应龙已杀蚩尤，又杀夸父，乃去南方处之，故南方多雨。

译文

大荒中有座山，名叫成都载天山。山上有个人，两耳垂各穿着一条黄蛇，两手各握着一条黄蛇，他就是夸父。夸父是信的儿子，信是后土的儿子。夸父不自量力，想追随太阳的影子，到禹谷逮住太阳，他太渴了，想喝水，结果将黄河水喝干了也还是不解渴，于是他又打算去大泽，可还没到那里，他便渴死在成都载天山。还传说当初应龙把蚩尤杀死后，便又杀死了夸父，然后便跑到南方住了下来，因为应龙是龙，所以从此南方的雨水便多了。

无肠国

原文

又有无肠国，是任姓。无继子①，食鱼。

注释

①继子：相继的后嗣。

译文

成都载天山上还有个国家，名叫无肠国，无肠国人都姓任。没有后嗣，以吃鱼为生。

岳山寻竹

原文

有岳之山。寻竹生焉。

译文

那里还有一座岳山，生长着一种极长的竹，名叫寻竹。

不句山

原文

大荒之中，有名山曰不句，海水入焉。

译文

大荒中还有座山，名叫不句山，海水向北注入这座山的山洞中。

黄帝女妭

有系昆之山者，有共工之台，射者不敢北向。有人衣青衣，名曰黄帝女妭①。蚩尤作兵伐黄帝，黄帝乃令应龙攻之冀州之野。应龙畜水。蚩尤请风伯雨师，纵大风雨。黄帝乃下天女曰妭，雨止，遂杀蚩尤。妭不得复上，所居不雨。叔均言之帝，后置之赤水之北。叔均乃为田祖。妭时亡之，所欲逐之者，令曰："神北行！"先除水道，决通沟渎。

①女妭：亦作"女魃"，神话中的旱神。

大荒中有座山，名叫系昆山，山上有共工祭台，因此善射的人都不敢向北射箭。山上有个人，身穿青色衣服，名叫黄帝女妭。当初蚩尤兴兵攻打黄帝，黄帝令应龙攻打冀州之野。应龙打算蓄水。而蚩尤则请风伯、雨师，布云施雨，使应龙失计。为助应龙，黄帝派天女妭下凡，使风静雨止，助应龙杀死蚩尤。但从此女妭没有神力不能再回天界，便留在下界，女妭所住的地方从此再不下雨，给下界带来灾害。叔均将这件事告诉黄帝，于是黄帝将女妭迁徙至赤水北岸，而叔均从此成为主管田地的官。女妭常常逃离这个地方，到别处居住，但又给别处带来旱灾，她走到哪，哪里的人们就想赶她走，祈祷说："女妭神啊，请回赤水北岸吧！"并且都先清除水道，挖通沟渠，以便于让女妭早早返回。

深目民国

有人方食鱼，名曰深目民之国，盼姓，食鱼。

那里有个人正在吃鱼，是深目民国的人。这个国家的人都姓盼，以吃鱼为生。

赤水女子献

原文

有钟山者。有女子衣青衣，名曰赤水女子献。

译文

钟山那里，有个女子身着青衣，人们叫她赤水女子献。

犬　戎

大荒之中。有山名曰融父山，顺水入焉。有人名曰犬戎①。黄帝生苗龙，苗龙生融吾，融吾生弄明，弄明生白犬，白犬有牝牡，是为犬戎，肉食。有赤兽，马状无首，名曰戎宣王尸。

注释

①犬戎：古神话传说中的人种。

译文

大荒中有座山，名叫融父山。这座山是顺水的尽头。山上有个人名叫犬戎，是黄帝的后人。黄帝生了苗龙，苗龙生了融吾，融吾生了弄明，弄明生了白犬。白犬兼具雄雌两性，自相交配而生下了犬戎，犬戎的主食是肉。这座山上还有一头红色的野兽，身形似马，但没长脑袋，名叫戎宣王尸。

齐州山

 原　文

　　有山名曰齐州之山、君山、鬵山、鲜野山、鱼山。

译　文

　　那里还有齐州山、君山、鬵山、鲜野山、鱼山。

一目人

原　文

　　有人一目，当面中生。一曰是威姓，少昊之子，食黍。

译　文

　　那里有个人，只有一只眼睛，还长在脸的正中间。也有的说这个人姓威，是少昊的儿子，以黍为主食。

继无民

原　文

　　有继无民，继无民任姓，无骨子，食气、鱼。

译　文

　　那里还有一群继无民国的人，他们姓任，是无骨国的后人，以食空气和鱼为生。

犬戎国

原　文

　　有国名曰赖丘。有犬戎国。有神，人面兽身，名曰犬戎。

那里有个赖丘国。还有个犬戎国。这个国家有尊神，名叫犬戎，人面兽身。

苗 民

西北海外，黑水之北，有人有翼，名曰苗民。颛顼生驩头，驩头生苗民，苗民釐姓，食肉。有山名曰章山。

译 文

西北海外的大荒中，黑水的北岸有个人，长着翅膀，名叫苗民。驩头是颛顼的儿子，苗民是驩头的儿子，苗民姓釐，以吃肉为生。那里还有座山，名叫章山。

洞野山若木

大荒之中，有衡石山、九阴山、洞野之山，上有赤树，青叶赤华，名曰若木。

译 文

大荒中有衡石山、九阴山、洞野山，山上有一种树，树干是红色的，叶是青色的，开出的花是红色的，这种树名叫若木。

牛黎国

有牛黎之国。有人无骨，儋耳之子。

那里还有一个牛黎国。牛黎国有个人名叫牛黎，他没长骨头，是儋耳的儿子。

章尾山烛龙

西北海之外，赤水之北，有章尾山。有神，人面蛇身而赤，直目正乘，其瞑乃晦①，其视乃明，不食不寝不息②，风雨是谒。是烛九阴，是谓烛龙。

①瞑：闭上眼睛。晦：昏暗，天黑。
②寝：睡觉。息：呼吸。

西北海外的大荒中，在赤水的北岸，有一座章尾山。山上有尊神，人面蛇身，全身长达千里，红彤彤的，眼睛是直长的。这尊神就是烛龙。他闭上眼睛，天下便是黑夜，他睁开眼睛，天下便是一片光明，他从不吃东西、从不睡觉、从不呼吸，他能呼风唤雨。他还能用他的神力照亮天下所有黑暗的角落，所以叫作烛火。

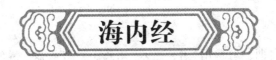

海内经

朝鲜 天毒 壑市 氾叶

原文

东海之内，北海之隅，有国名曰朝鲜①、天毒②，其人水居③，偎④人爱之。

西海之内，流沙之中，有国名曰壑市。

西海之内，流沙之西，有国名曰氾叶。

注释

①朝鲜，郭璞注："朝鲜今乐浪县，箕子所封也。列亦水名也，今在带方，带方有列口县。"已见《海内北经》。

②天毒，即天竺。郭璞注："天毒即天竺国，贵道德，有文书、金银、钱货，浮屠出此国中也。晋大兴四年，天竺胡王献珍宝。"

③水居，印度近印度洋，故言。

④偎人爱之，郭璞注："偎亦爱也。"

译文

在东海之内，北海的一个角落，有个国家名叫朝鲜。还有一个国家叫天毒国，天毒国的人傍水而居，慈爱待人，从不杀生。

在西海之内，流沙之中，有个国家名叫壑市国。

在西海之内，流沙之西，有个国家名叫氾叶国。

鸟 山

流沙之西，有鸟山①者，三水②出焉。爰有黄金、璇瑰③、丹货、银铁，皆流于此中④。又有淮山，好水出焉。

①鸟山，《水经注》："流沙历壑市之国，又径于鸟山之东。"

②三水出焉，郭璞注："三水同出一山也。"

③璇瑰，玉石。

④皆流于此中，郭璞注："言其中有杂珍奇货也。"

流沙之西，有座山叫鸟山，三条河流都是从这座山流出。据说这里藏有黄金、璇瑰、丹货、银铁。附近还有座大山叫淮山，好水就是从这座山流出。

韩流生帝颛顼

流沙之东，黑水之西，有朝云之国①、司彘之国。黄帝妻雷祖生昌意②。昌意降处若水，生韩流。韩流擢耳③、谨耳④、人面、豕喙，麟身、渠股⑤、豚止⑥，取淖子⑦曰阿女，生帝颛顼。

①朝云之国，《水经注》："流沙又径于鸟山之东，朝云之国。"

②"黄帝"句，郭璞注："《世本》云：'黄帝娶于西陵氏之子，谓之累祖，产青阳及昌意。"

③擢耳，郭璞注："长咽。"即长胫。

④谨耳，小耳。

⑤渠股，郭璞注："渠，车辋，言蹄脚也。"即罗圈腿。

⑥止。足，脚。

⑦淖子，即蜀山子。

译 文

在流沙的东面，黑水的西岸，有朝云国、司彘国。黄帝的妻子雷祖生下昌意。昌意自天上降到若水居住，生下韩流。韩流长着长长的脑袋、小小的耳、人的面孔、猪的长嘴、麒麟的身子、罗圈着双腿、小猪的蹄子，韩流娶淖子氏的阿女为妻，生下帝颛顼。

不死山　肇山柏高

原 文

流沙之东，黑水之间，有山名不死之山①。

华山青水之东，有山名曰肇山。有人名曰柏高②，柏高上下于此，至于天。

注 释

①不死之山，郭璞注："即员丘也。"见《海外南经》之"不死民"。

②柏高，郭璞注："柏子高，仙者也。"

译 文

在流沙的东面，黑水之间，有座山名叫不死山。

在华山青水的东面，有座山名叫肇山。有个仙人名叫柏高，柏高便是从此山登天下地的。

都广之野后稷葬所

原文

西南黑水之间，有都广①之野，后稷葬焉②。爰有膏菽、膏稻、膏黍、膏稷③，百谷自生，冬夏播琴④。鸾鸟自歌，凤鸟自儛，灵寿⑤实华，草木所聚。爰有百兽，相群爰处⑥。此草也⑦，冬夏不死。

注释

①都广，一作"广都"。

②后稷葬焉，郭璞注："其城方三百里，盖天下之中，素女所出也。"

③膏稷，郭璞注："言味好皆滑如膏。"

④播琴，郭璞注："播琴犹播殖，方俗言耳。"即播种，楚方言。

⑤灵寿，郭璞注："木名也，似竹，有枝节。"

⑥相群爰处，成群结队地在此地和睦相处。郭璞注："于此群聚。"

⑦此草地，郝懿行注："此草犹言此地之草，古文省耳。"

译文

在黑水的西南部，有一片原野叫都广野，后稷就埋葬在这里。这里出产膏菽、膏稻、膏黍、膏稷，各种谷物自然成长，冬夏都能播种。鸾鸟自由自在地歌唱，凤鸟自由自在地舞蹈，灵寿树开花结果，丛草树林茂盛。这里还有各种禽鸟野兽，群居相处。在这个地方生长的草，无论寒冬炎夏都不会枯死。

少年读山海经